石狩七穂のつくりおき
猫と肉じゃが、はじめました

竹岡葉月

ポプラ文庫ピュアフル

JN122687

目次

石狩七穂のつくりおき

猫と肉じゃが、はじめました

これは、たかしくんがななほちゃんやお友達と遊んだ、ながい人生のなかの、ちょっとだけながい、おやすみの記録である――。

一章　鬱、ときどき休職当番

突然だが石狩七穂《いしかりななほ》は肉じゃがが好きだ。

まず芋《いも》が好きだ。そして肉も好きだ。この二つが合わさって味が染み染みになる、肉じゃがとは素晴らしい料理だと思っている。

これは七穂が物心ついた時から二十四歳になった今でも変わらぬ嗜好《しこう》で、「えー、肉じゃが？　炭水化物ばっかでおかずにならないじゃん」と言われようが、「あたし家庭的ですうってアピールっすかー？」と邪推されようが、弁当に夕飯の残りの肉じゃがは必ず入れたし、ライブの打ち上げや飲み会の席でだし巻きと一緒にこいつを頼まない日はなかった。まったくおいしいのに変なストーリーや属性がついて可哀想《かわいそう》なやつだ、肉じゃが。

今日も七穂が夕食当番だったので、台所に立って家族三人分の肉じゃがを作っていた。

（……そろそろ煮えてきたかな）

落とし蓋《ぶた》がわりのアルミホイルを、ちょろりとめくってみる。

芋はほくほく感重視の、男爵《だんしゃく》一択。肉は日によって牛、豚、鶏と変化するが、今日はスーパーで牛の切り落としが特売だったので、これを使ってみた。大ぶりに切ったじゃがいもと、そこそこ脂身もあるお安い牛切り落とし肉が、玉ネギや白滝と一緒にぐつぐつと煮えている。七穂にとっては、多幸感で口元がゆるむ光景だ。

味付けは醤油《しょうゆ》とみりんに、酒と砂糖。なんとなくカレー粉も入れて、カレー肉じゃがにしてみた。じゃがいもも玉ネギも白滝も、煮汁の色を吸っていい感じのターメリック色になっている。あとは彩り用の絹さやをぱらりと放り込み、汁気が半分に減るまで煮込めば完成だ。

（肉じゃがは、これでよし。お父さんはこれじゃご飯が減らないって言うかもしれないから、シシャモでも焼くかな。おひたしと味噌汁がつけば、文句はないでしょ）

用がすんだアルミホイルを、鍋から菜箸《さいばし》でつまみあげたその時だった。

「ええっ、休職？　鬱で？」

――いったい何事だと思うだろう。

カニ歩きでリビングの方をうかがえば、七穂の母親、恵実子《えみこ》が自分のスマホを握って話し込んでいた。若い頃は原田知世《はらだともよ》に似ていたと言い張る顔を曇らせ、「そう、そうなの……」と何度も相づちを打っている。

通話が終わると、その恵実子が言った。

「大変よ七穂。たかし君が鬱で休職ですって」

へえ。たかし君が。鬱で休職。大変だね。

「……って、どこの誰よ、たかし君って」

「やだ、あなた。たかし君って言ったらたかし君よ。ほら、千登世《ちとせ》おばさんとこの」

「あー……隆司《たかし》君」

やっと思い出してきた。

「薄情ねえ。よく遊んでもらったのに」

「って言われても、最後に会ったのだいぶ前だよ」

七穂にとっては、母方のいとこだ。

フルネームは結羽木《ゆうき》隆司。確か年は、七穂の二つ上だったはずだ。

母親同士が仲のいい姉妹で、妹の千登世が名家の玉の輿《こし》にのった縁で、ご当主の別荘だか別宅だかに招かれていた時期があったのだ。息子の隆司はボストン生まれの帰国子女で、その時初めて顔を合わせた。

訪問自体は、先方の塾通いが忙しくなると同時に終了していた。以降は恵実子・千登世の母親ネットワーク経由で、やれ中学受験で私立御三家に受かっただの、大学は旧帝大だの、就職先は理系就職人気ランキング十年連続ベスト3のアウルテックだの、絵に描いたようなエリートコースをたどっているらしいのを、へーほーふーんで聞いていたぐらいだ。

「ほんとにねー、お上品で賢い子だったわよね、たかし君。お祖父《じい》様の前でショパン弾いてるとこなんて、どこの王子様かって感じだったわ。あんたも習わせたのに、すぐ辞めちゃって」

「……悪かったですね」

結羽木隆司の話になると、とばっちりでこちらにお鉢《はち》が回ってくるのが嫌なのだ。残念ながら七穂の習い事は長続きせず、その後の進路もぱっとしないまま迷走中だ。

「それがここに来て休職なんて、千登世ちゃんも想定外でしょうね。心配だわ」

「まあね……」

「でもね、七穂。あたしはたまに忠告していたのよ。いくらたかし君が結羽木家の跡取りだからって、あんまり教育ママしてプレッシャーかけちゃ駄目よって。ねえ、言わんこっちゃない」

年の近い親戚の身に起きたことは、七穂としても同情申し上げる。ただ、そういう身内の不幸をゴシップのように訳知り顔で語る親の姿を見るのは、あまり気持ちのいいことではなかった。たぶん本人は無意識だろうとしてもだ。

　ふだんは気のいいところもある母だが、自分の正義や倫理に反することには、ことさら容赦《ようしゃ》がないのが玉に瑕《きず》なのだ。

「ほらお母さん。肉じゃができたから、夕飯にするよ」

「……なによ、七穂。怒ってるの？」

　想像以上にぶっきらぼうな声が出たようで、七穂はごまかすために冷蔵庫を開けた。


　時々思い出す。ある日招待されたその屋敷は、幼い七穂の目から見ても、風格があって立派な姿をしていた。

　隆司の祖父にあたる結羽木茂《しげる》が、隠居目的で購入した元豪農の居宅だそうで、周囲は椿《つばき》の生け垣に囲われ、瓦葺《かわらぶ》きの屋根に長い縁側がついた伝統的な母屋に、納屋を潰して建て増しした洋館部分もあった。どちらも築八十年はたっているのよと教えてくれたのは、七穂たち親子を招いてくれた叔母の千登世だ。

「お義父《とう》様はここを、『我楽亭《がらくてい》』と名付けたの。我が楽しむ場所だと」

「素敵なご趣味ね」

　母は古民家などのアンティーク趣味があったので、招かれた先で見るもの全てがたまらなかったようだ。屋敷の持ち主である茂氏もやってきて、途中から歓談の輪に加わっていた。氏は家電メーカーの老舗《しにせ》、ユーキ電器の会長でありながら、東西の文化に通じ雑誌に寄稿もしていたらしい。真っ白な髪を後ろになでつけ、麻の着物を粋に着こなす、趣味人の極みのような老人だった。

大人たちが朗らかに歓談する一方、連れてこられた七穂は、ただひたすらに退屈だった。だってそうだろう。就学前の保育園児に和洋折衷《せっちゅう》の美や、客間の床柱に使われた黒柿の素晴らしさを説いたところで、わかるはずもないのだ。

「恵実子姉さん、今S市でしょう？　こっちの方が成城《せいじょう》の本家に来るより近いし、これからは気軽に遊びましょうね」

「本当？　悪いわ」

「悪いものか。孫の隆司も、まだ日本の暮らしには慣れていないのです。遊び相手がいてくれた方が喜びます」

彼らが母屋の中に消えてからも、七穂は庭に居残って池の鯉《こい》や、ひなたぼっこ中の亀などを眺めていた。

覚えているのは、帽子をかぶっていても暑かった気温。絶え間ないツクツクボウシの合唱。そう、今思えば夏休みも後半戦だった。

（イチジクだ）

頬《ほお》をつたい落ちてくる汗をぬぐうと、庭木の一つに実がなっているのが見えた。

幼い七穂は、それが食べられる実であることを知っていた。家の近くに同じ木が生えていたし、スーパーでパック入りのイチジクを買ってもらって食べたこともあるのだ。あれはとても瑞々しくて、おいしいものだと記憶されていた。

高さとしては我楽亭の屋根ぐらいまではあり、近所のイチジクより幹もしっかりして登りやすそうで、がんばれば実に手が届きそうな気がする。

そこに山があれば人は登るように、七穂は木の幹に取りついていた。

(ちょっと、ちょっとだけ……)

近づけば漂う甘い匂い。前夜に無人島でサバイバルするテレビ番組を、かぶりつきで視聴していたのもまずかったのかもしれない。夏空に向かって何本も枝分かれしていく木の股に、運動靴の足をかけ、次の枝へと手を伸ばす。

思ったよりも揺れるなと——樹上でバランスを取っていた時だった。

母屋の縁側を通りかかった人と、目と目が合った。

(あ)

年の頃は、恐らく小学校に入ったばかりぐらいの男の子だ。

その子はとても色が白くて、さらさらの髪を坊ちゃん刈りにして、アイロンのきいたシャツから半ズボン、ワンポイントのハイソックスにいたるまで、身につけるものは全て馬のブランドマークで統一されていた。手には当時人気だったトレーディングカードゲームの、キャラクター図鑑を抱えていた。

対する七穂は日に焼けて真っ黒で、よそ行きのワンピースで木登りを敢行する姿はまるで野猿のようであったろう。

「あ、あの、あのあの、ごめんな」

縁側で固まる少年は、次の瞬間、声のかぎりに叫んだ。

「ママ――っ！　見てよ見てよ、いけないんだよ――っ！　登っちゃダメなのに登ってるよ――っ！　ねえママ――っ！」

七穂は、それはもう驚いた。慌てふためいて両手を離し、真っ逆さまに落ちてパンツが丸見えになった。

「どうしたの隆司ちゃん――あらまあ！」

「七穂!!」

脳裏に響く大人たちの悲鳴。

庭のイチジクに手を出そうとしたことがばれ、七穂は母親にこっぴどく叱《しか》られた。それを一歩離れたところで見ていたのが、例のいとこ――結羽木隆司だったわけである。

あれは絶対に『ざまーみろ』の目だった。

（……やな夢見たよ）

七穂はベッドの上で、脂汗をぬぐった。

部屋の中は除湿の冷房がきいているはずなのに、一運動したような疲労感だった。スマホで日時を確認すれば、まだ七月も始まったばかりである。

きっと昨夜《ゆうべ》の電話のせいだ。夢に出てきたのは、五歳の自分と七歳の隆司である。

こちらもおてんばと食い意地が行き過ぎていたのは認めるが、向こうも最初から融通をきかせるタイプでないのは明白だったわけだ。

親に比べられることも嫌だったが、隆司当人もとっつきやすい性格ではなかったことを、今さらのように思い出してしまった。

あの性格を一言で言うなら、大人受けのいい優等生の見本、ただし子供の目で見ればまた別、だろうか。恵実子はよく遊んでもらったのにと言っていたが、どちらかと言うとこちらの忍耐が試されていたと思う。永続的に見下されていたので。

いざ二人で遊ぼうとなれば庭の亀は汚いという理由で触ろうとせず、卓上ゲームのたぐいは常に彼が圧勝。せめて外で遊ぼうと鬼ごっこやかくれんぼに誘えば、毎度丁寧にルールの穴をついてきて、やはりこちらが大敗を喫するのである。

当時はズルや卑怯者《ひきょうもの》という言葉も出てこなくて、癇癪《かんしゃく》を起こして手や足が出てしまう七穂と、それを律儀に大人に報告するのが隆司という少年であった。

「……クラスで一緒になっても、まず接点がなくて友達になりようがないタイプだわ」

「いきなり何よ、七穂」

「こっちの話」

一階に降りると、すでに父と母がダイニングテーブルで朝食を食べはじめていた。

七穂もトーストに牛乳を用意して、自分の席につく。

テレビの天気予報は、日中の天気のぐずつきと、折りたたみ傘の用意を呼びかけていた。このぶんでは梅雨《つゆ》が明けるのも、まだしばらくかかりそうだ。癖毛《くせげ》の爆発が収まらないから勘弁してほしいのだが。

「そういえば七穂。昨日の件なんだけど」

「何？」

「ほら、たかし君の話。あの子今、我楽亭に一人で暮らしているみたいなのよね。連絡もぜんぜんつかないって。なんていうの、いわゆる引きこもり？」

「へー、大変だね」

「千登世ちゃんも気を揉《も》んでいるみたいなんだけど、彼女も旦那さんの仕事で、また海外じゃない。簡単に帰国できないらしいのよ」

「れしょうねえ」

焼いた食パンにマーガリンを塗りつけ、気のない返事をしながらかじりつく。

「うん。だから七穂。あなたちょっと行って、たかし君の様子を見てきてあげてよ」

パンを噴きそうになった。

「はあっ？　なんで私が？」

「だってあなた、無職で暇してるでしょう」

はい来た毒舌。どうしてこう無神経なことを、平気で口にできるのでしょう。私にはさっぱりわかりません。

「無職じゃなくて、求職中！」

そう、ちょっと派遣先の部署がまるごとなくなって、次は正社員を目指しているから難航しているだけなのだ。

「ならいいじゃない。求職中なら、休職中の人のお世話はお似合いよ」

「漢字にしないとわかんないネタやめて」

七穂は半眼でうめいた。

「だいたい私だって、そんな暇じゃないんだけど。やること色々やってるでしょ」

「へえ、何？」

「何って？　お母さんたちが出かけたら、家中の掃除と洗濯、誰がやってると思ってるの。平日の夕飯当番だって、今はみんな私じゃない」

「それはね、七穂。あなたが何もしないで家にいるのは心苦しかろうと、お母さんがお家のお仕事を回してあげただけ。ないならないで、別にどうでもいいの」

「うっ」

刺さった。ぐうの音も出ないとは、このことだ。

確かに派遣切りなんてくらって、でも家事で貢献はしていると思っていた。なんなら「んもー、お父さんもお母さんもこんなに散らかして。昔っからそうだよね。私がいなかったら、はっきり言ってこの家やばくない？」ぐらい勘違いして家を磨きまくっていた。

「お父さんは、七穂が色々やってくれて助かってるぞー。お母さんの時より家中ぴかぴかだ」

「あなた。七穂を調子づかせるのはやめて。家事なんて一円にもならないんだから」

毒ー。毒がきついよー。

「それじゃ、七穂。後はよろしくね」

胸に図星の矢をくらって悶絶《もんぜつ》している娘を置いて、朝食を食べ終えた両親が、出勤のため次々と席をたつ。父の義之《よしゆき》は都内に通勤する勤続三十年のサラリーマンで、母の恵実子もまた専業主婦だった時期は一度もなく、今は調剤薬局の薬剤師であった。

（……職が、欲しい……！）

テーブルに突っ伏したまま、七穂は切に思った。というより人権が欲しい。良かれと思った労働が労働と認められない以上、この場合は職の確保と、イコールで繋《つな》がっているのだろう。まったくもってハードボイルドである。

のろのろと顔を上げ、食卓に残ったままの食器類をキッチンに運ぶ。マーガリンを冷蔵庫にしまおうとしたら、前夜に食べた肉じゃがのタッパーが目に入った。

——求職中なら、休職中の人のお世話はお似合いよ。

「余計なお世話じゃ」

乱暴にドアを閉める。

床の隅々まで掃除機をかけ、洗濯物をドラム式洗濯機にお任せすると、そのタッパーを持って自家用車に乗った。


七穂が暮らす埼玉県S市も、我楽亭がある埼玉県K市も、快速電車で三、四十分も走れば都心六区に到着するが、駅から少し離れればまだまだ畑も残るベッドタウンである。

この県は東京・埼玉を縦移動するための路線は大変充実しているが、同じ県内を横移動するルートはあまりない。隣の市なのに東京経由で移動するのも馬鹿馬鹿しいので、電車は使わず車で目的地に向かうことにした。

（ほんと久しぶりだよね、我楽亭。何年ぶりだろ）

白のフィットで県道のバイパスを走りながら、七穂は在りし日のことを考えていた。我楽亭の持ち主だった結羽木茂氏は、数年前に亡くなったと聞いている。それからしばらく住む人もいなかったと言うが、今は屋敷を相続した孫が使っているわけか。

ショッピングモールまで五キロの看板を横目に脇道へ入り、小さな川を越え、神社の前を通り過ぎると、記憶の通り椿の生け垣が見えてきた。

――ついたか。

かつて母がそうしたように、隣の空き地に車を駐《と》めた。

この地域も昔に比べれば新しい家が増えてきているが、屋敷周辺はあまり開発が進んでいないようだ。向かいの畑も、雑木林とも呼べない半端な空き地も、ほぼ以前のままだ。

色々とダメで抜けたところがある七穂と、そんな七穂を理解できない優秀な隆司と。ついぞ話がかみ合うことがないまま、向こうが子供の遊び自体をしなくなってそのまま疎遠になった。母親たちが思うほど、麗《うるわ》しい幼なじみの思い出があるわけではない。

彼がどれだけ素晴らしいエリート街道にいて、それがなぜ休職に追い込まれてしまったかは知らないが、向こうもいい大人なんだから放っておけよと思う。しかし、結羽木のご両親も海外にいて、色々心配になる気持ちもわかる。

顔を見て無事の確認ができれば、先方への義理も果たせるだろう。

七穂は車内のミラーに、自分の顔を映す。

さすがに木登りはしなくなったが、父親譲りの立派な眉毛と身長のせいで、初見では体育会系に見られがちだ。髪も伸ばすようになったが、癖が強くていつも切りたい衝動と闘っている。見慣れた自分の顔も、今はどこか所在なげである。

「よし」

天気はしだいに崩れるというが、今のところまだぎりぎり雨は降っていない。七穂は肉じゃがが入ったトートバッグに手を通し、車を出た。

表に回って、玄関の呼び鈴を押してみる。

（出ない……本当に隆司君いるの？）

不安になってくるのは、ざっと見ただけでも我楽亭が荒れているからだ。

人が住まないと家は荒れるというが、その一例を見せられている気がした。椿の生け垣はろくに剪定《せんてい》もされず伸び放題で、敷石の隙間《すきま》からも雑草が伸び、雨樋には落ち葉がたまって溢《あふ》れている。見えるところの雨戸は、全て閉まっていた。

念のため庭も覗《のぞ》いてみるが、こちらも叔母の千登世や当主の茂が自慢していた往時の面影は、ほとんどなかった。

幼い頃に過ごした時は、古いながらも居心地のいい家だと思っていたのに、廃墟になるまでさしたる時間はかからなかったようだ。

車を出た時は蒸し暑かったはずの体感気温も、今は荒《すさ》んだ光景も相まって妙に肌寒い。いつ降り出してもおかしくない曇天の下、七穂はかつて鯉に餌《えさ》をやった池が苔《こけ》むし、亀が甲羅《こうら》干しをしていた縁石の周りで野良猫たちがあくびをする様を確認した。

「……君たちの秘密基地ってとこ？」

そりゃあ静かでいいところでしょうよ。猫に向かって皮肉を呟《つぶや》いた時である。

――めりめり、バキンと、何か物が壊れる大きな音が響いた。

(何⁉)

母屋の中からだ。木製の雨戸が二十センチほど開いていて、そこから白黒のハチワレ猫が、矢のように飛び出してくる。

「ひ」

猫は七穂の鼻先すれすれを跳んで、生け垣の破れから外へ逃げていった。

破壊の音は、その後も繰り返し響いてくる。七穂は大きく生唾《なまつば》を飲み込み、猫が逃げてきた雨戸の隙間を、怖々覗き込んだ。

部屋の中は、重い闇《やみ》が墨汁のようにたれこめ、強いカビの臭気が鼻をついた。

光源は七穂の側から差し込むわずかな自然光と、板張りの縁側を挟んで目の前の和室に直置《じかお》きされた、旧式の懐中電灯ぐらいだ。畳に布団が敷きっぱなしで、その周りに空の弁当容器やカップ麺《めん》の器が、割り箸とともに散乱していた。

そんな部屋の壁際に、スウェット姿の男が背を向けてしゃがみこんでいる。

彼は右手に持ったバールのようなものを振り上げ、目の前の砂壁を殴りつけた。そう、バールのようなもの。人生でこの表現を使う日が来るとは思わなかった！

鈍い音とともに埃《ほこり》が舞い上がり、壁に穴が空く。テコの原理でそれを広げ、さらに二撃、三撃と壁を壊し続けた。

七穂はあまりな光景に、その場からまったく動けなかった。不意に作業中の男が、こちらを振り返った。

——目と目が合ってしまった。

庭の雑草なみに伸び放題の髪、まばらに生える無精髭《ひげ》。しかし顔立ちに、結羽木隆司の面影がないわけではない。

「……あ、あの、私」

七穂はひきつる喉《のど》を、必死に動かした。

「怪しい者じゃ、ぜんぜんなくて。その、覚えてる？　石狩七穂。昔ここでよく遊んでもらったよね」

向こうは、いぶかしげに目をすがめて、こちらを見つめている。手にはバールのような鈍器を持ったまま。

「お母さんにね、頼まれて様子を見に来たの。ほんと、元気そうでよかった。あの、これ良かったら食べて。肉じゃが作ったの。あはは」

七穂は早口に喋《しゃべ》りながら、トートバッグから肉じゃが入りタッパーを取り出し、縁側に置いた。

「ちょっと」

「それじゃお元気で!!」

言うだけ言って、右向け右。そこから全力で逃げた。

走って走って、玄関前の敷石に一度蹴《け》つまずいて転倒したが、すぐに立ち上がって走った。

車が置いてある空き地まで走ってきて、這々《ほうほう》の体《てい》で運転席のドアを開けて中に入る。

(やばいやばいやばいやばいやばい)

震える手でシートベルトを締め、車を発進させた。

降り出した雨が、フロントガラスに水滴を作りはじめる。

廃墟の万年床で、ぎらりと光った目が忘れられない。えらいものを見てしまった。

＊＊＊

夕方になると、仕事が終わった恵実子が家に帰ってきた。

「……だらけてるわねえ」

七穂がリビングのソファに寝そべり、テレビのニュースを流しっぱなしにしている様を見て、思うところがあったようだ。

「夕飯はできてるよ。かき玉汁と麻婆《マーボー》豆腐」

「ちゃんと行ってきたんでしょうね、たかし君のとこ」

「……あー、うん。それなりに……」

「それなりって何よ」

七穂はテレビ画面を見つめたまま、母の顔を見返すことができない。

結羽木隆司と言えば。

ゲームでボコられた恨みを抜きにすれば、小さな頃から品行方正、かつ大変お勉強ができ、中学は私立御三家に受かって大学は旧帝大、そのまま一流企業に入って順風満帆だったはずだ。

それが――。

いっそ完全に別人なら良かったのだ。七穂の記憶は彼がセンター分けの坊ちゃん刈りでいた頃で止まっていたが、今日見た男には、そんな七穂でもわかるぐらいに当時の面影が残っていた。髭は生えていたし、目は嫌な方向に淀んでいたが。

「ねえ、けっきょくどうだったのよ。千登世ちゃんに、なんて言えばいいの」

「いや、元気だった……とは思うよ。ご飯も食べてたみたいだし」

「七穂」

「私、ちょっと上行って履歴書とか、書いてくるね」

七穂はソファから起き上がり、足早にリビングを出た。

親切心を出すなら、昼間に見た事実を、洗いざらい話してしかるべきだったのかもしれない。しかし、正直七穂は関わり合いたくなかった。時間とともに、あれは梅雨時のカビの胞子か何かが見せた、やばい幻《まぼろし》だった気がしてくるのである。

(うん、きっとそうだ。問題ない問題ない)

バールのようなものを頭から追い出し、七穂は自室のドアを開けた。

そろそろ先日受けた、面接の結果も出てくる頃である。このご時世、転職活動は一日にしてならずなのだ。部屋のベッドに腰掛け、昼間から放置したままのトートバッグを引き寄せた。

スマホの通知を確認しようとして——息が止まる。

（ない）

そのスマホがないのだ。焦ってバッグの中をかきまわし、ポケットを含めて中のものを全部出しても、スマホだけがない。

「どうして……」

今日は絶対、ここから動かしていないはずだ。なら、なぜなくなった。

七穂はそこで、一つ思い当たるものがあった。

デスクのノートパソコンを立ち上げ、同期していたスマホの位置情報を探る。

結果はすぐに出た。

「ああああああ」

その場にくずおれた。嫌な予感が当たってしまった。埼玉県K市。昼間に訪れた、我楽亭の住所になっていた。

きっと焦って肉じゃがを取り出した時か、玄関前でこけた時にでも、トートバッグから飛び出したのだろう。

もう嫌だ。どうして私はこうなんだ。自分で自分を呪ってみても、現実は変わらないのである。

Q、で。あなたはどうしますか。

A、不本意ですが取りに行きます。

定期収入もなく、求職中の身。先月買ったばかりのお高いｉＰｈｏｎｅを、諦《あきら》められる奴がいるなら教えてほしい。

翌日になり、七穂は昨日と同じ道を車で走っていた。

昨日はいかにもな梅雨の空模様だったが、今日は朝からよく晴れている。

念のため、スマホ本体の機能は遠隔操作でロックした。引き出しにしまいこんでいた防犯ブザーも、今はパンツのポケットに忍ばせてある。

見えるところになければ、深追いはしないつもりだった。

そうして覚悟を決めて我楽亭を訪れると、すぐわかる玄関前に、カバーごと本体が落ちていたので泣きたくなった。

(あった……！)

無言で駆け寄る。確かに七穂のスマホだ。

「良かった林檎《りんご》君……よくぞ無事で……」

「――七穂ちゃん？」

しゃがみこんでスマホに頬ずりしていたら、背後から名前を呼ばれた。

若い男の声だ。できれば振り返りたくなかったが、そういうわけにもいかないので、ゆっくりと振り返って声の主を確認した。

「七穂ちゃん……で、いいんだよね」

あらためて明るい日差しの下で見る結羽木隆司は、木訥《ぼくとつ》そのものの、ひどく穏やかな声で喋った。

整った顔立ちにまばらに生えた髭はそのままだったが、後ろ髪は襟足《えりあし》で尻尾《しっぽ》のように結んであった。襟ぐりが伸びた紺のTシャツに、灰色のスウェット姿。足下はサンダルを通り越して、下駄《げた》ばきだ。手にはバールのようなものではなく、脚のついた小ぶりの鉢植えを持っている。

「……隆司君……」

「やっぱりそのスマホ、七穂ちゃんので良かったんだ。置いておいたら気づいてくれないかと思ったんだけど」

殺気はないが、覇気《はき》も生気もない——全体にそんな感じの死んだ目をしていた。

これがあの隆司君、なのか。

「……とりあえず上がってく？」

お互い無言が続いたからか、隆司の方が義務感だけで続けるのがわかった。

「でも、私……」

「まあ、もてなすようなものは何もないけど。タッパーだけでも返したいというか」

「食べたの？」

「うん。含蓄《がんちく》のある味だった」

それは褒め言葉なのだろうか。

「なんていうのかな、カレーっぽいけどカレーじゃない。肉じゃがにしては不思議な味がして」

「カレー粉入れたの。カレー肉じゃが」

「それは肉じゃがと呼んでいいの？」

「ダメ？」

「いや、そうか。店にないし、うちの親じゃまず作らないから。こういうのも肉じゃがでいいんだな……」

初めて花の名を知ったような調子で言う隆司に、七穂は今までで一番この人らしさを感じたのである。そうだ、なんというかカチンとくるぐらい理屈っぽいことを素で言う奴だったなと。

「私、型が決まりすぎると飽きるから」

「らしいね」

興味本位とその場の気分で、すぐにアレンジをしたがる。

新卒で入った代理店の仕事も、そのせいかあまり長続きはしなかった。

「……OK、自己解決した。べつに上がらなくていいから、縁側で待っててくれる?」

「わかった……」

七穂はうなずいた。

彼の後ろに続く形で、我楽亭の庭へ歩き出す。素足にはいた隆司の下駄が、地面の硬いところを踏むたびにカランコロンと鳴った。

「その持ってる鉢、どうしたの?」

「これ? 盆栽」

「BONSAI」

「真柏《しんぱく》の盆栽。じいさんも昔いじってたよね」

だからなんで盆栽なのかを知りたかったのだが。

たどりついた庭は相変わらず荒れ果てていたが、今日は太陽が明るいせいか、それほどの不気味さはない。単に手入れが追いついていないだけの雑な庭という印象になるのが、七穂としても不思議だった。

雨戸を全て開け、内側のガラス戸も開け放った縁側で、隆司はその真柏の盆栽とやらをいじっていたようだ。広げた新聞紙の上に、似たようなサイズで形が違う空の鉢が数個置いてあり、針金やペンチ、年季の入った金属製のハサミも置いたままだった。

沓脱石《くぬぎいし》で下駄を脱いで、隆司が家の中へ消えていく。

七穂は床板のざらつきを気にしながら、その隆司が踏んでいった縁側に腰を下ろした。

ここからだと、大昔に七穂がよじ登ろうとしたイチジクの木がよく見える。木陰には入り込んだ野良猫が集まり、昨日飛び出していったハチワレ猫も、他に交じって香箱座りで休んでいた。

そして母屋の中を振り返れば、汚部屋と呼んでさしつかえのない万年床の向こうに、ぽっかり洞《ほら》のように穴が空いた砂壁があった。

ああそうか――やはりあれは、悪い夢や幻ではなかったのだ。

「おばさんには言ったの？　ここのこと」

隆司が戻ってきて、空のタッパーを差し出した。

一応洗いはしたようだが、微妙に水滴が残っている。

「たぶんうちの母が、色々言ってきたからだよね」

「そうだけど……」

「ったく。面倒かけたね」

隆司が、隣にあぐらをかいて座り込んだ。

「なんだろうね。急に色々とめんどくさくなっちゃったというか。生まれ変わったらハエになりたいというか」

それで会社も休職して、引きこもりか。振り幅が激しすぎないだろうか。

「でも……正直私も、なんて言っていいかわからないんだよ。昨日のあれとか、だ、大丈夫なのかって……」

「あれ？」

「ほら、あれ」

七穂は両手でバールのようなもののジェスチャーをし、振り上げる真似《まね》をした。

「……ああ、あれ」

「そうあれ」

昔馴染みの気心のようなものを差し引いても、不穏すぎた。へたに地雷を踏んだり核心をついたりするのが怖くて、遠回しな指示語ばかりが積み重なった。

「あれか。あれはなんというか……緊急事態だったから」

隆司がとつとつと喋っているまさにその時、彼の膝元に、小さな生き物が音もなくすり寄ってきた。

(子猫？)

生後三ヶ月ぐらいだろうか。手足の先だけが白い、キジトラの子猫だ。

「天井裏で、野良猫がネズミ追いかけてバタバタやってるのは知ってたんだけど。なんか今回は、壁の中から聞こえてきてさ。どうも小さいのが隙間に落ちたみたいで、ニャーニャーニャーニャーずっと鳴いてるんだよ」

「で、壁を壊した……」

「そういうこと」

あぐらをかいた脚の中におさまった子猫を、隆司は撫《な》でるでもなく眺めている。

「出したら出したで、俺の近くから離れないんだよこれが」

「刷り込みだね……」

「とりあえずなんかやったら満足するかと思って、余ったツナ缶あげてみたんだけど」

——は？

ちょっと待て。待てやこら。

「ツナ缶って、あのツナ？　マグロ？　カツオ？」

「何？」

「人間が食べる？」

「……そうだけど。俺の夕飯の残りだから、ほんのちょっとだけだよ」

「どあほうっ！」

思わずどやしつけてしまった。隆司は子猫と一緒に、目を丸くした。

「猫に人間のものを食わすな！　耐性ないんだから！」

「魚なのに？」

「そう。あげるなら専用のもの！」

どうしよう。この調子だと、まともなフードも手元にないのかもしれない。見ての通りの引きこもりだ。

「ちょ、ちょっとそこで待っててね」

自分自身に落ち着けと言い聞かせ、七穂は縁側を離れた。

確かここに来る途中、ショッピングモールまで五キロの看板があったはず。それを信じて、乗ってきた車を急いで走らせた。

幸いモール内に大きめのペットショップがあり、子猫用のフードや猫砂なども、まとめて購入することができた。

隆司と子猫は、七穂が出ていった時と寸分違わぬ格好でそこにいた。

「このぐらいだったら離乳は済んでるはずだから、水とドライフードで大丈夫だと思う。それ以外は刺身だろうが牛乳だろうが、絶対にあげちゃダメ」

「詳しいね七穂ちゃん」

「常識……というか、昔飼ってたから」

七穂が高校を卒業する頃に、虹の橋を渡ってしまった。気のいいオスの茶トラであった。

一緒に買ってきたフード用の皿に、子猫用のカリカリを入れてやり、隆司の足下に置いてみた。

「ごはんだよー、チビちゃん」

「……おまえ、食べてみるか？　ちゃんとしたやつらしいぞ」

隆司がフードを数粒つまんで、あぐらの間におさまる子猫の鼻先に持っていく。それで半分うとうとしていた子猫は、勧められるまま匂いをかぎ、続けて小さな口を開けて食べはじめた。七穂はほっとした。

「良かった……！　あとはお腹壊してないか、経過見てあげるといいよ」

「でもさ、七穂ちゃん。こうやって積極的に餌をやった上に経過まで見守るってことは、俺は事実上こいつを飼ったってことにならないだろうか」

真剣かつ、複雑そうな顔つきで聞かれた。

七穂は返事に困ってしまった。

「……まあ、たぶん、そういうことにはなるのかな。というか隆司君のこと、親だと思ってるよその子」

「まじかー」

がっくりとうなだれてしまった。

「とりあえず、貰《もら》い手を探すまで保護するぐらいは、しなきゃまずいかも。道義的に」

「あー あ……他の猫も餌付けはしないようにしてたのに」

確かに思い起こせば、昔から生き物にはほとんど関心を示さない男児だった。亀はおろか、虫も鳥も嫌いで近寄らなかった。今はご覧の通りのガス欠ぶりで、余計な面倒を背負うエネルギーなど、一グラムも残ってなさそうだ。

「しばらく様子見に来ようか、私」

あんまりしょぼくれていたので、つい言っていた。

「いや、私も今、職探し中で時間はあるから。ついでにこのへんの掃除と、ご飯の差し入れぐらいするよ。そっちが嫌じゃなかったらだけど」

たとえば昨日の、カレー肉じゃがみたいな。

甘い顔立ちの王子様がそのまま大きくなったようなイケメンなくせに、死んだ魚よりはいくぶんましぐらい生気に欠けた目が、こちらを向いた。

大昔のイチジク盗み食い事件には続きがあり、イチジクの枝は他より脆《もろ》く折れやすい。だからあのまま七穂が高いところに登っていたら、途中で折れてもっとひどい怪《け》我《が》をしていたかもしれないと、後になって大人たちに言われた。

カードゲームに負けて癇癪を起こしても、もう一回やると言えば何度でもテーブルについてつきあってくれた。

——たかし君ばっかり勝ってずるい！　わたしも勝ちたい！

——それはななほちゃんが、自分の手札しか見ないからだよ……痛いよカード投げないで。ママー！　ななほちゃんがー！

そう。たとえ重なるところがまったくない、水と油の幼なじみでも、がんばればこの程度のエピソードは思い出せた。

同情する理由なんて、今の隆司とこれで充分かもしれない。

何よりこうしていても、七穂は目に余るレベルで堆積《たいせき》する母屋の埃や、カップ麺の空き容器が気になって仕方ないのである。許されるならこの手で掃除がしたい。まともなものも食べさせたい。きっとすっきりさっぱりするに違いない。

せっかく助かった子猫に無体な真似をしないよう、経過を観察する隆司を観察する必要もある。

「わかった。戸は開けとく」

「決まりだ」

「悪いね」

「いいよ。休職当番だ」

どうせこれ以上家のことをやっても、いい顔はされない。共働きの家に生まれたおせっかいは、こういうところで見逃せない性分が出てしまうのだ。

求職中だから休職中のヒトの面倒を見る、休職当番。今回は食事もあるから、給食当番も混じっているか。

やはり漢字にしないとわからないネタだから、隆司もピンと来ないだろう。ただただ自分一人だけが面白いという事実が愉快で、七穂は小さく笑ったのだった。

＊＊＊

石狩七穂様

先日はお忙しい中、弊社にお越しいただきまして、ありがとうございました。

さて、慎重かつ総合的に選考を重ねました結果、誠に遺憾《いかん》に存じますが、今回については採用を見送らせていただくことになりました。

何とぞご了承いただきますよう、お願い申し上げます。

末筆ながら石狩様の、今後の益々のご活躍をお祈り申し上げます。

「株式会社〇〇……」

朝の光が差し込むリビングで、七穂は先だって取り返した林檎社製スマホを握りしめている。

すでに両親は出勤済みで、あらかたの家事を終えたところでこの通知が鳴った。

名前のところ以外は全部コピペであろうお断りメールに、思いのほか打ちのめされている自分がいる。

（……ええ行きましたよ、お忙しい中！　交通費かけて！）

面接担当者は、七穂を会議室に待たせたままなんの連絡もなく三十分遅刻し、謝罪もなしに始まったと思えば顎《あご》のホクロから出た毛を、延々といじっていた。なんなのだあれは。大事そうにしていたが幸福のホクロ毛なのか？　途中で自分の仕事の電話にも出てくれて、待っている時間の方がずっと長かった。

自分でもあれはないなと思っていたが、いざ向こうから断りのメールが来ると腹は立つ。複雑なお年頃なのだ。

「ああもう、次だ次。忘れろ」

七穂はスマホを切り、あたりを見回した。自分で納得がいく範囲で家事ノルマは終わらせたので、今日は我楽亭の方に行くことにした。

一般道を車で小一時間走り、隣の市にある古いお屋敷を訪ねる。こんな生活を始めて、そろそろ十日が過ぎようとしている。面接や用事がある日は抜かしているので、実際にこうやって顔を出すのは、週に三回ぐらいのペースだろうか。

カーステレオのラジオが、関東地方の梅雨明けを告げていた。納得の入道雲が空に広がっている。

我楽亭に到着すると、まずは玄関で呼び鈴を鳴らす。

（はーい、反応なし）

これも想定内だった。来る途中にスーパーで買った食材入りのビニール袋をぶら下げ、庭に回って縁側から母屋の中に入ることにする。

沓脱石でスニーカーを雑に脱ぎながら、我が物顔で近くに居座る猫に挨拶《あいさつ》をする。

一匹は見知った白黒のハチワレ猫で、隆司いわく特に世話をした覚えもない野良らしい。片耳にカットの跡があることから、一度は保護団体のもとで去勢手術を受けた地域猫だろうと予想はついた。七穂が便宜上、ギザさんとあだ名をつけた。

もう一匹は大柄の三毛猫で、こちらはちゃんと首輪がついている。恐らく近所で飼われている猫が、我楽亭を別荘代わりに使っているのだろうとのこと。あまりに堂々と利用しているので、敬意を表して先輩という名がついた。

他にも庭を出入りする野良猫は複数いたが、ここまで人間のテリトリーに近づいて恐れないのは、この二匹だけらしい。

　あとはそう、忘れてはいけない新顔がいた。

「なーう」

「タワシ！」

　座敷の奥から、キジトラの毛玉ならぬ子猫がすっ飛んできて、歩く七穂の足下にまとわりつくから非常に厄介だった。危うく踏みそうになる。

「だめだって。今は遊べない」

　タワシはあれから隆司が自分で名付けた、子猫の名前だ。毛の色味がスチールウールのタワシに似ているから、らしい。本人はそれだけで大仕事のようだったので、あえてネーミングへの駄目出しはしなかった。

　名付けた当人を捜すと、やはり布団で寝ていた。

（暑くないのかね）

　敷きっぱなしの和布団に、夏掛け一枚。部屋に冷房はなく、回っているのは旧式の扇風機だけだ。

　これがあの結羽木隆司。そう言えるほど七穂は大人になってからの彼を知らないが、一部の人にこの寝溶けた熟睡姿を見せれば、何人かは泣くような気がする。だっていいとこのエリートだったのだろう？

午前中はどうしても、活動量が下がるとのことだが――。

「隆司君ー。後でそこ掃除したいから、一回起きてくれると嬉《うれ》しいんだけど」

七穂が呼びかけても、隆司はくぐもった声とともに寝返りを打つだけで、まったく起きる気配がなかった。

これでタワシの面倒を見ていないとなると大変だが、見たところ廊下の端に設置した猫用トイレは綺麗なもので、反対側の餌置き場にも、新しい水とカリカリが入れてあった。最低限、それだけはしてくれていたようでほっとする。

かわりに人間の生活圏は、もはや苦笑するしかなかった。

もともと結羽木茂氏は、仕事で最新鋭の暮らしを売りながらも、この家ではその手の文明から一線を引いているところがあった。床の間に飾るのは壺《つぼ》や掛け軸であり、液晶テレビや空気清浄機は必要ない。通信設備は玄関に置かれた黒電話一本のみ。それでも細かな家事はお手伝いさんが通ってしていたからか、北向きの洗濯室や台所エリアは、比較的現代の設備が入っている。隆司は前回七穂が置いていった作り置き料理を綺麗に完食したようだが、食べ終わった空き容器はステンレスシンクの中で水に浸かりっぱなしだった。まだ水に浸けてあるだけまし、と言うべきか。

買ってきた食材を冷蔵庫にしまうと、七穂はまずこれを洗うことから始めた。

終わればようやく、新しいおかず作りに取りかかれる。

(今日は豚汁をベースに、色々作るぞー)

一般に豚汁と言えば、具材もご家庭により様々。最悪豚が入って、味噌仕立てならなんでもいいとも言われるが、七穂の場合は豚バラの薄切りにじゃがいも、大根に人参、そして長ネギは必ず入れた。

野菜の皮をむいてざくざくと切り、鍋にごま油をひいて豚バラと一緒に軽く炒める。水を注いで沸騰《ふっとう》したら、アクを取ってさらに煮るべし。実は出汁《だし》は入れても入れなくてもいいらしいと、最近知った。肉も野菜もこれだけ入ると、そこから旨みが出るのだそうだ。

「で、硬い野菜が柔らかくなったら、仕上げにお味噌をとく、と——」

これでオーソドックスな豚汁が、まずは一品できあがりだ。肉も野菜も手軽に取れて、栄養満点。大きめのタッパーに、できあがった豚汁の三分の一を取り分ける。

残りの豚汁のさらに半分を小鍋に取り分け、七穂は二品目のアレンジにかかった。

(今度はベースの豚汁に、ニンニクと生姜《しょうが》のチューブを少々)

買ってきたばかりの商品のフタを開け、にゅるにゅると薬味を追加していく。

さらにすりごまとコチュジャンをたっぷり入れ、軽く温めてから味見をする。

「うん。これはめっちゃ担々麺《たんたんめん》のスープ」

ピリ辛でコクも充分。追加したすりごまがいい仕事をしている。

もとがごま油風味の味噌仕立てで、豚肉もネギも入りと、担々麺と共通点も多いので、こういう路線変更も可能なのである。

今回は、レンジでチン以上のことをする気力がまったくないダメ男を想定した作り置きご飯ということで、中華麺は使わずうどん玉を一つ入れておいた。雑に温め直してもおいしくいただけるのが、おうどんのいいところだと七穂は思っている。

そして鍋に残るのは、最後の三分の一。汁気がだいぶなくなって、具の方が目立つ豚汁である。

ここからは、アクロバティックにかっ飛ばしていこうと思う。

「家から持ってきてやったぜ——ブレンダーの出番だ」

ははは、見てな。ブレンダーは巨大な電動歯ブラシのような形をしており、鍋の中につっこんで、鍋の中身をまるごとペースト状にできる優れものだ。多少洗い物が増えることを許容できれば、ミキサーでも同じことはできる。

七穂がブレンダーのスイッチを入れると、鍋の底の豚汁はあっというまに細かく砕かれ攪拌《かくはん》され、どろりとしたベージュ色のペーストとなった。

(これにめんつゆと牛乳、バターを足して温めれば、どうなると思います？　和風ポタージュのできあがりなんです)

こちらも味を見てみるが、非常にまろやかな飲み口で、ここまで来ると出発点が豚汁だとは誰も思うまい。ご飯やパンにクラッカー、どれとも相性ばっちりな感じだが、面倒ならただ飲むだけでも最低限の栄養は取れるだろう。

　この三品をどこかで食べてもらえば、他が多少おろそかでもなんとかなるはずというのが、七穂の考えた作戦であった。

　粗熱が取れたところで三つのタッパーに蓋をし、付箋《ふせん》に『とんじる』『タンタンうどん』『ぽたーじゅ』とそれぞれ書いていると、その隆司が音もなく現れた。

「……あれ、七穂ちゃん。いつ来たの……」

　目をしょぼつかせながら言われた。それはこちらの台詞《せりふ》だよと七穂は思う。

　全体に生気が不足すると、気配もなくなるのだろうか。痩《や》せてはいても身長一六八センチの七穂よりは上背があるはずなのに、このサイズの二足歩行生物が近づいてもわからないというのは、なかなか脅威である。

「ずいぶん前だよ」

「そうみたいだ。知らない料理がある」

「これは後で、チンして食べる用。どうする、私はお昼に素麺でも茹《ゆ》でるつもりだけど、君も食べる?」

　隆司が返事をするより前に、彼の足下にやってきたタワシが、元気よくにゃーんと鳴いた。

「――まあでも、なんだかんだ偉いじゃん。ちゃんとタワシの世話して」

隆司が寝床にしている和室の隣に、ちゃぶ台を出して昼ご飯にした。

この家の台所を使えるよう大掃除するにあたって、食器棚にガラスの大鉢を発見したので、今回は素麺を入れるのに使ってみた。藍色《あいいろ》の地に切り子のカッティングが美しく、ひょっとするとかなり高価なものかもしれない。趣味人だった隆司の祖父のことを思うと、その可能性はかなり高いだろうが、今は深く考えないことにしていた。ただ茹でて流水で締めただけの素麺が、この器を使うことによって三倍ぐらいおいしそうに見えた。

「……あれは作業だから」

「何も考えないでできるってこと？」

「たぶん」

「そういうもんなんだ」

七穂は相づちを打ちながら、ちゅるちゅると素麺をすする。向かいの隆司も、遅れて竹箸に手を伸ばす。

隆司に関しては、まず万年床と食べる場所を分けるべきだと思っていたので、この傾向は決して悪くないだろう。

「ねえ、七穂ちゃん。一つ確認してもいい？」

「ん、なに？」

「もしかしてこれが素麺のつゆ？」

「そうだよ。他にないでしょ。トマトのごまだれ。ごまトマ麺」

市販のごまドレッシングをめんつゆで伸ばして、刻んだトマトが入れてある。こくと酸味が絶妙なのだ。

「……素麺」

「定義とか流派とかそんな大層な話じゃないよ。びびんないで食べてみて。おいしいから」

君が思っているより、食べ物というのは懐《ふところ》が深いのである。

実際、隆司も毎度尻込みするわりに、口にすれば大抵最後まで食べるのである。

「あとさ、やっぱあの壁に空けた大穴。そのままはあんまりだから、ちゃんと業者さん呼んで修理した方がいいと思う」

「それは……おいおいどうにかするということで」

「おいおいっていつよ」

「持ち帰って検討します」

前向きさのかけらもない目で言われた。それでどこに持ち帰るんだよ。

どうも今の彼的には、これもキャパオーバーな提案だったようだ。

休職当番を任されて、なんだかんだと環境もいいように変えられるような錯覚を起こしていたが、やはりそんな甘い話ではないのだろう。

「うん、ごめん。私も鬱の人に無理させたいわけじゃないんだ。焦っちゃ駄目だよね」

「どうなんだろうね、そのへん」

「はい?」

「なんか俺の鬱病の診断って、会社の産業医がでっちあげたものらしいから」

「え、なにそれ。そういうのありなの」

「診断書ないと休めないから」

それで堂々と休職できるなんて、大企業羨《うらや》ましすぎると一瞬思ってしまった。隆司は肯定も否定もせず、ただ七穂のリアクションに色素の薄い目を細めた。

「くそー、いいな。私も早いとこ大手に職決めたいわ」

「なんで落ちるんだろうね。難しく考えすぎてない?」

今まで試験という試験に落ちたことがないであろう人の台詞、どうもありがとうだ。

どちらにしても、今の七穂がアウルテックほどの会社に行けるわけないのは重々承知している。あちらは腐っても日本最大のコンピューターメーカーで、隆司はそこの正規専門職。学歴もスキルも何一つかすらない以上、これはわがままとかそういうレベルの話ではない。

七穂の場合は新卒の職場を早めに辞めて、職の形態で言うなら短期の派遣が一番トラブルなく続けられていた。しかしもうちょっと安定した職を見つけたいとなると、とたんに難航するのだ。

(なんならできるんだろうね、私)

素麺を食べ終えると、少しずつ進めている我楽亭の掃除を再開した。

何せ庭を含めて広いので、使うところから徐々に範囲を広げていかないと手に負えないのだ。

穴が空いたままの砂壁は、業者に修繕してもらうまでの応急処置として、家具で塞ぐことにした。

「……っこいしょ。どうだこれで」

奥の部屋で見つけた、使っていない階段簞笥《だんす》を引っ張ってきて目隠しとする。少し唐突感はあるが、大穴が空いたままよりはましだろう。

汗をぬぐって振り返ると、結羽木隆司が縁側で盆栽の手入れをしていた。

(本当に盆栽だよ)

今までこの手の趣味をじっくり観察したことはない七穂だが、確かに片手に乗るぐらいの大きさながら、脚つきの鉢から生えているのは草ではなく樹木だ。隆司は真柏という木だと言っていたか。幹や枝は一部が白骨化しながらぐるりとねじれ、針状の葉が密集して生えている。

隆司は鉢の前にあぐらをかき、こんもりと伸びてきた盆栽の若芽を、三六〇度ためつすがめつしながら、ハサミで摘み取って整えている。

——楽しい？　ともう少しで聞きそうになった。

でもたぶん、聞く前からわかっている。彼は楽しんでなんかいない。

楽しいというよりはただただ無心で、これも彼にとっては、脳に負担をかけずにできる作業の一つなのだろう。

古い日本家屋の縁側で、日光浴する猫と一緒に盆栽の枝振りを見つめる横顔は、七穂と同年代のはずなのに漂白されきった感がある。熱も欲も何もない。老人を通り越して、仙人のようだ。むしろ彼自身が、植物と一体化していないか？

（草食じゃなくて、植物系男子……）

子供の頃の彼は、こんな風ではなかった。少しずる賢い、とり澄ました優等生なりに欲も喜怒哀楽もしっかりあった。

たぶん大人になってからもそうだろう。

少なくとも会社が鬱の診断を下す程度には、大変な目にあった結果なのだ。

なんとか楽しい気持ちを思い出してほしいなと、柄にもなく願ってしまった。


もどかしいまま時がすぎ。七穂が面白いものを見つけたのは、それから数日後のことだった。

黙々と掃除の範囲を広げる中、ずっと気になっていたのは、この我楽亭の洋館部分だった。昔納屋があった場所を潰して洋室にしたらしいが、母屋と行き来する出入口は施錠されていて、隆司に聞いても鍵《かぎ》がないと言われていたのである。

今回七穂は、問題の洋館の鍵穴が、とある物置の鍵穴とそっくり同じであることに気づいてしまった。

試しに物置の鍵を挿して回してみれば、なんとこうして開いてしまったではないか。

「お。おおー……」

大げさだが、開かずの扉を開けたような高揚感があった。

七穂は掃除道具を片手に、はしたなくもさっそく中に踏み込んでみた。

この洋館は外から見ると少し変形の平屋で、先代が主に書斎として利用していた場所だ。閉めきっていた分厚いカーテンを開けると、埃よけに布がかけられた家具類や、奥の壁一面に並ぶ書棚が浮かびあがった。

そう。思い出した。ここで机に向かって書き物や読書をしていた、茂氏の後ろ姿。

作り付けの書棚に収まる本は、東西の思想や美術品にまつわるものが多く、やはりここは氏の私的な趣味を反映させた部屋だったことがうかがえた。

貴重な蔵書の棚から離れると、続きの部屋に通じるドアを開けた。

——七穂は今度こそ息をのんだ。パンと体の内側で花火が打ち上がった気がした。

引き返して母屋の廊下を音をたてて進み、縁側で盆栽にハサミを入れんとしていた植物系男子に向かって叫んだ。

「ちょっと隆司君！　大変！」

「おわ」

七穂は足裏で急ブレーキをかけた。

「ねえジョキッて言った。今ジョキッて言ったんだけど」

「そんなことより隆司君。こっち来てよ。むちゃくちゃ懐かしいもの見つけちゃったんだよ」

ハサミと落ちた枯れ枝風の先端——真柏のジンと呼ばれるものらしい——を持って訴える隆司の腕をつかみ、強引に立ち上がらせた。

「なんなのいったい……」

「洋館の鍵が見つからないって、ずっと言ってたじゃない。これが意外なとこの鍵と共通だったんだよ。もう新ステージ開放だよ」

まくしたてながら洋館の前まで連れていき、出入り口のドアを開けた。

隆司が、死んだ魚の目の持ち主が、今までで一番大きく目を見開いた。

「ここじゃなくてね、この奥の部屋なんだけど——」

「盆景と盆栽の技術書。やっぱりあの人、持ってたんだ。どっかで見たと思ったんだよ」

七穂が予想していなかったところで、隆司のセンサーが反応してしまったようだ。だからそこじゃないと言っているだろうに。

「いいからほら、こっち」

「ごえ」

よれよれのTシャツを引っ張って、書斎から続きの部屋へ連れていった。

そこは半円形のサンルームのような部屋で、七穂は駆け足でカーテンと窓を開け、ついでに部屋の大きな部分を占拠していたブツの、埃よけの布も取り去った。

「じゃあん」

なんとなく胸をはりたい気分だ。七穂たちの前にあるのは、一台のグランドピアノだった。

「覚えてる？　よく隆司君、ここで弾いてたよね」

隆司と言えばピアノにショパンというぐらい、音と記憶は密接に結びついていた。

彼が海外にいた頃から習っていた腕前はかなりのもので、我楽亭ではよく茂に乞われてここでピアノを弾いていた。七穂や恵実子もご相伴にあずかり、さしずめサロンのリサイタルを聴かせてもらっていたのだ。

遊べば揉めて楽しくなくても、ピアノを弾く姿が様になっていたことだけは、当時から認めざるをえなかった。ピアノ教室から流れてくる拙《つたな》い音とは、格が違った。隆司が弾く音の一つ一つに心情がのって、黒鍵《こっけん》と白鍵《はっけん》に触れる先からキラキラしていた。

正直、ずっとピアノだけ弾いていればいいのにと思ったぐらいだ。

その彼が黙ってピアノに近づき、蓋を開けて鍵盤を押した。

「音はそれほど狂ってないね……じいさん、いつまで調律してたんだろ」

「ね、またなんか弾いてみてよ」

期待をこめて言った。グランドピアノの屋根を持ち上げながら。

七穂自身あの演奏が懐かしかったし、今の枯れきった隆司も、弾くことで『楽しさ』のかけらなりとも思い出してもらえればいいと思ったのだ。

「俺、ずいぶん練習してないからヘタだよ」

「いいっていいって。簡単なの弾いてくれるだけで充分」

「え……」

「お願い。この通り！」

手を合わせて再三頼むと、ついに隆司が観念したように、ピアノの前に腰をおろした。やったと思った。

七穂も書斎から椅子《いす》を持ってきて、観客としてその場に座ってみる。

センター分けの坊ちゃん刈りで、神童のように難曲を弾きこなしていたのは小学生時代。今はサイズが二回り以上アップして、多少むさくるしさも増したが、さてどんな音を聴かせてくれるだろう。

体に比して大きく骨張った両手が、白黒の鍵盤に乗った。

いざ演奏が始まって、流れてきた音に七穂は軽く驚いた。意外にもこのテンポはクラシックではない。

――スティービー・ワンダーの名曲だ。

(『Isn't She Lovely』だっけ？)

邦題は『可愛《かわい》いアイシャ』。

生まれた娘が可愛いくてたまらない想いを、R&Bの歌に乗せて大ヒットした。

ジャズも含めて大勢のアーティストがカバーし、CMにも使われたので、そうとは知らずに耳にした人も多いかもしれない。七穂もかなり好きな曲の一つだ。

 スティービーおじさんの親バカが炸裂《さくれつ》するこの曲は、とにかく朗らかで明るくて、隆司はそれをゆったりしたテンポで情感たっぷりに弾いている。

なんて可愛い子だ。生まれてきてくれてありがとう。全身で喜びを歌い上げる音の豊かさは、あの頃となんら変わらない。いや、もっともっと大人になって多彩になった。聴いているこちらも嬉しくなって、思わず体を小さく揺らしてしまう。

七穂は曲の途中で、リズムを取りながら書斎に移動し、掃除用具を抱えてまた戻ってくる。部屋の掃除に使っていた、業務用ワックスの空き容器だ。ひっくり返して椅子に座り、デニムをはいた足で固定する。

右手にハタキ、左手に溝掃除用ブラシの柄を持つ。

(スリー、ツー、ワン)

二番に入ったところで、四分の四拍子のリズム隊として演奏に参加してみた。

ピアノを弾いている隆司が、驚いたようにこちらを振り返った。こちらが今やっているのは、いわゆるバケツドラムだ。太鼓《たいこ》のスネアの音を出したかったら、バケツ底の中央と縁《ふち》を同時に叩《たた》き、コツコツ言うリムショットは縁だけを叩く。低音のバスドラムは、バケツをちょっと浮かせて中央を叩く。これらを組み合わせて演奏をするわけである。

突飛なドラムの飛び入りに、隆司も一瞬戸惑ったようだが、すぐに鍵盤に向き合って演奏を続けた。そうこなくっちゃと思う。

愛にあふれた曲は、情感豊かなピアノの旋律できらきらと輝き、七穂がリズムを刻んで陰影を添える。終盤は、アドリブにアドリブで応酬《おうしゅう》するのが楽しくて仕方なかった。

最後の最後、どうしてもシンバルの音が欲しくて金属製チリトリをひっぱたいた。べしゃーんとかなり外れた音がした。

（……ちょっと、今のは失敗だったかな……）

いつの間にか、開けた窓に野良猫たちが鈴生りだった。先輩やギザさんに加え、小さいタワシまで遠巻きに七穂たちの奇行を眺めている。

何よりピアノの前の隆司が、物言いたげにバケツを足の間に置いた七穂を見ていた。

七穂はいつのまにか汗だくの額をぬぐって、言い訳をした。

「あのさ、確かにピアノは習ってても全然身につかなかったんだけど。音楽は好きだったから、一時期バンドかじったりもしたんだよ」

中学・高校は、吹奏楽部のパーカッション担当。バケツドラムは、大学でバンドサークルにいた時、お金がないなりの練習法として教わった。総じて打楽器方面に走ってしまったあたり、とことん鍵盤とご縁がなかったのだと思う。

そうやってあちこちかじるような真似をするから今無職なんだよと言われると、まあその通りすぎて反論できない。

「びっくりした……」

「最近はタイコ叩いてセッションする機会なんて、全然なかったしさ。なんか久しぶりにすっごい楽しめちゃったよ。隆司君はどう？　楽しかった？」

あの音は、絶対にそういう音だと思った。

けれど、隆司は無感動に自分の両手を見て言った。

「まあ……手は覚えてたね」

――がっくり来てしまったではないか。

（だめかー、くそー）

これは筋金入りだと思った。

「なんかご期待に添えなかったみたいで……」

「いえいえ、そういうわけじゃないから」

ピアノ自体は素晴らしかった。特に情動を必要とせず、純粋な手癖であれが弾けてしまうことの方がすごいだろう。

勝手に期待して、勝手にがっかりするのは間違っている。七穂はスティックがわりに使ったハタキで、自分の肩を叩いた。

「結羽木隆司君は――本当にお休みが必要なんだねえ」

あらためて思った。

思えば子供の頃は、毎年なんだかんだと長い休みを取っていた。朝から頭を空っぽにして遊んでも遊んでも、まだ折り返し地点にも来ていなかったり。それが年とともに部活が入り、夏期講習が入り、バイトやインターンが入り、純粋な休みというものがなくなっていくのだ。

いざ就職すればしたで、数日のお盆休みを貰えれば御の字。七月や八月というカレンダーに、特別感を覚えることもなくなる。ただ黙々と働くようになる。

だから休めよ結羽木隆司と七穂は思う。

たぶん人より優等生だった君は、そのぶん休んでいた時期も少ないだろう。遠慮なくこの夏をだらだら、使い切れるなら使い切れ。

意外とこういうところで帳尻を合わせるように、世の中はできているのかもしれない。無責任な感想だ。

「あ、でも、ピアノは私が楽しかったから、またつきあってよ」

「え……」

「そんぐらいはいいでしょ。ご飯代だよ」

隆司は露骨に億劫《おっくう》そうな顔をした。本当にこれは手強い。

折しも世間の子供たちが、通知表を持ち帰って夏休みに入る頃だった。

二章　オオカミ少年と化け猫の家

なあんで嘘《うそ》って出ちゃうんやろなあ。

青山翔斗《あおやまひろと》は集めたトレーディングカードをリビングのローテーブルに並べながら、ぼんやり考えていた。

翔斗は小学四年生である。去年、大阪からこの埼玉県K市に引っ越してきた。ずっと一人っ子だったが、あと二ヶ月もすれば妹が産まれるらしい。

「ゆけー、イエティ。大足で猫又《ねこまた》を攻撃やー」

自陣の山札から引いた攻撃カードを、自分のUMA《ユーマ》カードに添えて攻撃を宣言。相手のUMAカードを攻撃する。氷属性のイエティは、炎属性の猫又との相性がよく、攻撃力が二倍になる。これによって猫又のヒットポイントがゼロになり、UMAカードを埋葬する墓場コーナーへと送り込むことに成功した。

（勝った……）

まあ、敵陣のＵＭＡバトルカードも自分で操作しているのだから、勝って当然なのだが。

一人遊びも飽きた翔斗は、綺麗《きれい》に並べた両陣営のカードを、ぐしゃぐしゃにかき混ぜた。

対面式キッチンにいるはずの祖母に向かって、声を張り上げる。

「なあおばあちゃん。オレお小遣い欲しい」

「はあー？　そんなん貰って何買うの」

「何って、カードや。ＵＭＡバトルカード」

「翔斗はいっぱい持ってるやろ、なんとかカード」

「ちゃうねん。オレのデッキ雑魚《ざこ》ばっかで、全然だめやねん。新しいシリーズが出たからそれが欲しい」

「あかんあかん。そんなんきりないって、ばあちゃんよく知ってるで。ライダーカードやビックリマンチョコも通った道や」

翔斗はむしろ、その二つを知らない。

ＵＭＡバトルカードは、ツチノコ、カッパ、ネッシーなどの未確認動物《UMA》を集めて戦う、トレーディングカードゲームである。出自のエピソードになぞらえた豊富なＵＭＡカード、駆け引きを有利にする怪奇カードなど、複数の札を組み合わせて自分だけのデッキを構築する。UMAバトルカードをモチーフにしたアニメや漫画も大人気で、この夏休みには映画も観に行く予定である。おまけでレアなUMAカードが貰えるのだ。

「だいたい最近のカードは、スナックもチョコも付かなくなったんやてな。ケチくさくなったもんや」

「せやから知らんよ、おばあちゃん……」

「ええか翔斗。本当に強い奴は、知恵と工夫で勝つもんや。弘法《こうぼう》筆を選ばずて言うやろ」

「無理ゲーやんそんなのー!」

「わがまま言わんの。お兄ちゃんになるんやろ翔斗は」

それをここで言うのは、卑怯ではないだろうか。

別に翔斗が頼んだことは一度もないのに、弟か妹ができるとなると、とたんに翔斗を叱る言葉の頭にこれが付くようになった。

祖母がお盆にラーメン丼をのせて、キッチンを出てきた。

「ほら。ラーメンにハム二枚や。これ食べてはよ塾行きや」

「……行きとうない」

「なんか言うたか?」

有無を言わさぬ調子に、翔斗は渋々出されたラーメンを受け取った。インスタントの袋麺だが、麺よりハム二枚より、もやしとキャベツの分量が勝る『おばあちゃんスペシャル』ラーメンである。

――当初の話に戻るが、嘘というのは自分がつまらない奴だから出るのではないだろうか。

学校で人気者になる者というのは、だいたい決まっている。まず足が速い者、ギャグが面白い者、イケメンや可愛い子という異性がらみの属性も、そこそこ捨てがたい。あとはゲームが強い者。

「お、翔斗が来た」

「おせーよ」

翔斗が通う学習塾は、地元の小学生がそのまま放課後集まり直すような集団指導塾だ。学校での力関係が、塾の中でも続いてしまう。

友達のマサユキは、リレーの選手でＵＭＡバトルにめっぽう強い。典型的な一軍の人気者だ。

マサユキにいつもくっついているトモノリも、運動神経は悪くないし、親がゲーム会社勤務らしく、どこの店も品薄で置いていないようなゲーム機を、対戦用コントローラーも合わせて一緒に持っているような奴だ。当然人気がある。

その日も講師が来る前の教壇に、自分たちのカードデッキを並べていた。

「どうする翔斗、授業始まるまで一戦だけやるか？」

「……悪い。オレ、まだ宿題終わってないから」

翔斗は控えめに断り、端《はし》の席についた。

リュックからプリントを取り出していると、マサユキが周りとひそひそ話しているのが聞こえてきた。

「あいつってさー、前の学校でＵＭＡバトルチャンピオンだったたって本当かね」

「確かに強かったけどさ」

「でも一回だけじゃん。そのあとはカード忘れたとか調子悪いとか、そんなんばっかり」

あまりのいたたまれなさに、うつむいた顔が上げられない。

遠くの学校から来た転入生というのは、とりたてて特徴がない翔斗にとって、冴えないモブキャラから一発逆転するための強いカードだったのだ。最初はみんな、遅れてきたニューフェイスである翔斗に注目した。クラスで一人だけ違う書道セット、周りと違う喋り方、全てが目新しくて衆目を集めた。こんなことは地元で体験したことがなく、翔斗は完全に浮き足だった。

しだいにもっと、もっと受けを取れるような気がしてきた。

前の学校での出来事を盛りに盛って、しまいには道頓堀《どうとんぼり》のほとりには本物の虎が棲《す》んでいるだの、給食に『551』の豚まんが週一で出るだの、嘘の上に大が付くような大嘘をつくようになってしまった。

気がつけば翔斗自身も、UMAバトルカードのチャンピオンホルダーということになっていた。

マサユキたちも、だんだん翔斗にほどこされたメッキの存在に気づいている——気がする。

「今度逃げられないよう、みんなで囲んでやるか」

「かっけー。UMAバトルのタイトルマッチじゃん」

「誰かタチアイニンやれよ」

アニメの筋書きになぞらえて、いかに翔斗と対戦するかの話で盛り上がっている。

こんなことになるとは、転校してきた当初は、夢にも思わなかったのだ。

（あかんやん……どうするオレ。大ピンチや）

「寄り道しないで帰れよー」

塾の時間は、午後五時から七時半まで。終わる頃には、夏でも外が真っ暗になる。入り口で講師の先生に見送られ、一部の車送迎の児童以外は、おのおの自転車で帰宅の途につくのが常だった。

「じゃあなー、翔斗」

「う、うん」

「また明日ー」

マサユキたちは、母親が車で迎えに来る送迎組だ。翔斗は自転車だった。

祖母は運転免許を持っておらず、母は妹のために長期入院中だ。よって翔斗は家から十五分の道のりを、一人せっせと走って通っている。

自転車で帰る時は道草せず、真っ直ぐ明かりの多い大通りを走りなさい。それが母や祖母の言いつけだったが、この日の翔斗は少し約束を破ってしまった。塾を出るのがもたついてしまった上、夜八時からやる人気動画チャンネル『マッスーの筋肉実況』生配信に、どうしても間に合わせたかったのだ。大阪にいた頃から翔斗の心をつかんできた神コンテンツのため、ふだん使っている県道やバイパス通り沿いだけではなく、脇の近道を使ってしまったわけである。

モールまで五キロの巨大看板を横目に脇へ逸れ、小さな川にかかる橋を渡って稲荷《いなり》神社の前を通り過ぎ。

（……なんか暗いなこの道）

ライトをつけて走りながら、翔斗は目をすがめてこすった。

昼間はなんということもない、新興住宅地への抜け道だが、このあたりは古い家屋敷や農家の畑も多く、家から漏れる明かり自体が少ない。街灯も、旧式のものが片側にあるだけだ。

どうして大人が大きな道だけを使いなさいと言ったのか、初めてわかった気がした。

翔斗はスポーツタイプの自転車を駐めた。今さらながら言いつけを守らなかったことを反省し、大回りでも明るい道から帰るか。あるいは我慢して通り抜けて、生配信を家のタブレットで観るプランを貫くか。選択肢は二つに一つだ。

迷い続ける翔斗の耳に、ふと、聞こえるはずのない音が聞こえてきた。

（なんだこれ……？）

それは暗闇に響く、か細いお囃子《はやし》。太鼓のような腹にくるリズム。どこか不穏なお祭りの調べ。

なんだろう。地区のお祭りは来月だと聞いているし、このあたりも一緒だろう。

七月下旬のこの時期に、こんな寂しい場所で祭りが開かれる話など、大人でも誰か言っていただろうか。

しかもそのお囃子の音色が、目の前の真っ暗なお屋敷から響いてくるのである。

昼間に見ても荒れた外見で、マサユキたちもお化け屋敷と呼んでいたところなのだ。

——まずい。これはまずい。心では駄目だと言っているのに、翔斗はまたもテンパった上で選択を間違えた。よせばいいのに、破れた垣根の間から、中を覗いてしまった。

雑草だらけの庭の真ん中に、猫が何匹も集まって車座を組んでいた。

円の中心にひときわ大きな三毛猫がいて、後からみんな見間違いだと言ったが確かに見たのだ。その三毛猫にうながされる形で、一匹のハチワレ猫がすっくと二本の脚で立ち上がり、お囃子の音にあわせて踊り始めたのを。

ひらひら、ひらひら、化け猫が祭り囃子に舞っている。細かな金粉を撒《ま》いたような鬼火が燃え上がり、舞い手の数が増えていく。

頭の中に、UMAカードの『猫又』の絵がちらついた。

「——あ」

あとは声なき悲鳴が口からまろび出て、翔斗は倒れていた自分の自転車にまたがり、必死にこいでその場を離れたのだった。

＊＊＊

「ちわーす。石狩屋でーす」

休職当番の、定期訪問でーす。

七穂は我楽亭の庭で、絶え間ない蟬《せみ》の声に負けぬよう声を張り上げた。

日差しは強く、いつも見ている野良猫たちは、軒並み木陰か別の場所に引っ込んでしまっていた。無駄に広い庭のスペースを見ていると、ここでラジオ体操の一つも始めようかと思えてくる。

（意外といいかもね、夏休みだし）

涼しい時間帯に隆司も起こして、スタンプカードも作る。皆勤賞にはノートを進呈。自律神経も整いそうだ。

「なー」

「や、タワシ。君にじゃないけどお返事ありがとう」

唯一反応らしい反応があったのは子猫のタワシで、穴を塞ぐのに使った階段簞笥の一番上が、お気に入りの場所になったようだ。アピールに心を慰めながら、縁側から畳の上にあがりこむ。

「あっちー」

今日も海なし県埼玉は、気温が高い。冷房がきいた車を出てから数分しかたっていないのに、勝手に汗が吹き出てくる。

この暑さで、いない間の洗い物が軒並み放置されていることを思うと、かなり憂鬱《ゆううつ》だった。七穂は半ば覚悟しながら台所に通じる珠暖簾《たまのれん》をくぐったが、以前との変化に驚いた。

（まあ、ぴかぴか。どういうこと？）

てっきりたまった食器を洗うところから始めると思っていたのに、置いていったタッパーは三つとも綺麗に洗われ、布巾《ふきん》を置いたダイニングテーブルの上で水切りされている状態だった。洗い桶《おけ》の中は、現在コップ一個しかない。

「これはあれ？　妖精さんのプレゼント……？」

「――それについては理由があります」

意外性に胸をときめかせていたら、すぐ後ろから隆司の声がして飛び上がりそうになった。

「け、気配ぐらいさせてよお願いだから！」

気づいたらタケノコが床を突き破って天井まで生えていましたというぐらい、音も存在感もない。

隆司は七穂が怒っても反論せず、いつもより神妙な顔を続けていた。

「……どうかしたの？」

「七穂ちゃんが置いていってくれた料理なんですが……一個目の冷やしおでんと、二個目のカレーうどんは非常に良かったと思います」

「ああそう、食べたのね」

「その日の夕飯と、次の日の昼飯にしました」

カレーうどんは、最初に作った冷やしおでんのアレンジ料理である。

「あれね、おでんのつゆに鶏肉入れて、火が通ったところにカレールーとネギと椎茸《しいたけ》入れたの。仕上げにうどん玉入れて」

「玉子が入ってたのがいいです」

「おでんの余りね」

これでおでん由来の、出汁のきいたカレーうどんができあがりという寸法だ。ふだんカレーうどんをコトコトじっくり煮て作るなんてないことを思えば、この味がいかに贅沢《ぜいたく》かおわかりだろう。

「じゃ、三個目は？」

「それがその……ちょっと……斬新すぎて……」

「あ、駄目だった？」

「……夕飯にしようってレンジから出したら、むわっと……あったかい魚の臭気で目が覚めた……」

七穂が最後に作ったのは、同じく冷やしおでんをベースに改変したエスニックおでんだった。

タイの鍋、タイスキも練り物を使うし、共通点も多いからいけるかと思ったのだが。追加した調味料の、ナンプラーとレモン汁がまずかったのだろうか。ナンプラーは魚醬というぐらいで、あれも原料は魚である。

「臭み消しで、パクチーも置いておいたよね。食べる直前にかけてって」

「俺はちょっと……あの味も石鹸《せっけん》みたいで……」

眉間をおさえて、ようやっと絞り出すように言われた。

なるほど。そもそもパクチーがダメな人だったかと合点する。

人によっては『カメムシの味』『歯磨き粉の味』というぐらい、好き嫌いが分かれる食材なのは確かだった。

七穂の周りには、そこまで激しくパクチーを嫌う人がいなかったので、純粋に配慮不足だったようだ。

「じゃあ食べきれなかったよね」

「すみません。処分しました」

そしてまとめて器も洗ったのか。なんか謎《なぞ》がとけた。

以後の食事は、備蓄のインスタントなどで乗り切っていたようだ。こちらとしては、ゴミが布団まわりに散乱しなくなっただけでも上出来だと思った。

「わかった。今度から、そっち方面のご飯は作らないでおくよ。聞いておけばよかったね」

「ほんとごめん。基本的に七穂ちゃんの作るものはめちゃくちゃおいしいんだけど、だからこそ今回は油断した……」

ぼそぼそとうつむき加減に喋る隆司を見て、非常に珍しいものを見た気になった。

「へー、一応おいしいとは思っててくれたんだ」

「な」

わかってはいたが、あえて指摘しなかった点だ。

「まあね？　最終的には毎度完食してるから、あーだこーだ言ってもまずくはないと思って作ってきたけど。そっかー、なるほどねー」

「いやそれは……確かにちゃんとは言わなかったかもしれないけど……」

「はいはい、もういいよそのへんにしてあげる」

七穂は笑った。

植物みたいに生きているか死んでいるかわかりにくい奴の、まだ生きている部分をつつけたみたいで、褒められたこと以上に嬉しくなってしまったのだ。

その後はいじりすぎるのも可哀想なので、普通に今日買ってきたもので三品作ることにした。

（さて、やりますか）

本日は店頭で牛すじが激安だったので、こちらをメインで行くことにする。牛すじ。コラーゲンたっぷりで懐にも優しい部位、牛すじ。しかし、いつも店頭にあるわけではないレアキャラ、牛すじ。なので七穂は、見かけた時は即買いすることにしていた。

まずは、全体の下茹でだ。圧力鍋に水をはり、牛すじを入れて強火でしばらく沸騰させる。終わったらザルにあげて、アクなどを水で洗い流す。

こんなにザブザブ洗ってしまったら、旨みも何も流れ落ちる気がするが、ここで落ちるのは脂と雑味なので、気にせず洗うべしと自分に言い聞かせる。意外にこいつはしぶといのだ。大きすぎるものは、ここで一口サイズに切っておく。

「で、洗った鍋にまた戻して……」

さらにだし汁と醤油とみりん、砂糖とおろし生姜、千切ったこんにゃくも入れて強火にかける。圧力がかかって蒸気が出てきたら、弱火にして加圧二十分。火を止め鍋の中の圧力が完全に下がったら、蓋を開けてもよし。

（ほほほ、見よ圧力パワー。カチカチの牛すじも、あっという間にとろとろよ）

あとは好みで煮詰めてやれば、王道牛すじ煮込みのできあがりだ。濃い見た目のわりに、味付けは生姜をきかせてあっさり食べやすく仕立ててある。甘辛く炊いたこいつにネギを散らして白いご飯の友にするもよし、酒で一杯するもよしの一品だ。鍋いっぱいに作ってやったものだから、視覚のインパクトも達成感もすごい。

引き続いて、これを利用した二品目に取りかかる。

こういう真似をするから保守的な隆司にびびられるんだろうなと少し思うが、打率は高いという言質は得たので構わず進む。

炊飯器の内釜《うちがま》に米を入れ、酒と醬油と水、今作った牛すじの具にささがきゴボウと人参を足し、蓋をしてスイッチを押す。炊き上がってからかき混ぜれば、牛すじ煮の炊き込みご飯も完成だ。

炊飯器が稼働している間に、どんどんと三品目。

「三つ目は……」

ある意味これも王道。牛すじのお好み焼きを作る。

キャベツを刻み、ネギを刻み、汁気をきった牛すじ＆こんにゃくも軽く刻んでボウルに入れ、出汁と粉と卵、そして天かすや青のりも一緒に混ぜて、お好み焼きの生地を作る。

油を引いたフライパンでこんがり両面焼き上げ、ソースを塗ればできあがりだ。作り置き前提なので、マヨネーズや鰹節《かつおぶし》などのトッピング類は、現時点ではかけていない。温め直す時に隆司の気力が一ミリでもあれば、好みでかけてもらう予定だ。

できれば忘れてもらいたくない青のりは、もう事前に生地に混ぜ込んでしまった。最低限の風味は残るし、食べても歯につきにくいという利点もある。

「よっし。三品できたぞ……あとは昼ご飯か」

七穂自身の気力も使い果たしたので、これはもう適当にした。ここまでで余った野菜にウインナーを足し、蒸し麺と炒めてソース焼きそば。夏休みのお昼にはふさわしかろう?

「……七穂ちゃんてさ。オカルトとか信じる方?」

そうして。扇風機が和室のぬるい空気をかき回す中、隆司が七穂の作った焼きそばを食べながら言った。

庭からは、蟬の声が間断なく聞こえてくる。

相変わらず隆司の全身からは覇気が漂白されていたので、その質問はきわめて事務的に聞こえた。だからこそ奇妙奇っ怪とも言えた。

　七穂は口の中の麺を、冷たい麦茶で流し込んでから答えた。

「……ジャンルによるけど。ホラーはわりといける口よ」

「いけるんだ」

「サメとゾンビ映画は、おいしくいただける方」

「サメとゾンビか……ゾンビはちょっと路線違うかもな……」

「どういうこと？」

「七穂ちゃん、この家が『出る』家だって聞いたことある？」

　隆司いわく。

　夜中に布団で寝ていると、物音に目を覚ます。遠いところで、誰かが歩いている気配がする。時々タワシがあらぬ方角を見ている。などという現象が発生しているらしい。

「昨日やおとついなんかが、まさにフルコースで。今眠い」

「……それって、もうちょっと慌てた方がよくない？」

「充分戸惑ってるんだけど、これでも」

　見えねーよ。

「泥棒とかだったら、警察案件だと思うんだけど」

「……できればそれを考えたくないから、オカルトに逃避しているともいう……」

もはや怠惰を隠そうとしなくなった。ある意味強い。

「本当に幽霊？　猫たちが運動会してるとかじゃなく？」

「どうもそういうのとは感触が違う……気がする。俺もちゃんと確認しなきゃとは思うんだけど、すぐに起きられないことが多くてさ」

「あー……」

しょうがないな、このエネルギー枯渇《こかつ》人間はと思った。

心底呆《あき》れてしまったのが、顔にも出ていたようだ。隆司は麦茶を飲んで、ぼそぼそと言い訳を始めた。

「なんで急にこんなこと言い出したのかって言うとさ。俺自身が思い出したんだよ。うちのじいさんが生きてた頃に、この家のことを話してたんだよね。我楽亭は昼もいいけど、一番いいのは夜だって」

「夜？」

「そう。特に夏の夜。あの顔でにやにやしながら」

隆司は七穂の目を見て言った。

「それって……」

「さあ。どういう意味だろうねって、こうなるとなんか引っかかってさ」

我楽亭は、夏の夜がいい――。

「考えてみればこの家の夜をちゃんと知ってるのって、ここに年間通して住んでたじいさんだけなんだよ」

言われてみればそうだった。我楽亭は先代の趣味を詰め込んだ別邸であり、本来の家は東京の成城にあって、隆司たちはそちらに住んでいたのだ。

「身の回りのことは、通いの家政婦さんに頼んでいたらしいし」

「うちらは休みの時に、遊びに来るぐらいだったものね……」

そして結羽木茂氏しか知らない、本当の我楽亭の姿があるのだろうか。

「実際うちのじいさんが、ここで怪現象と鉢合わせしたら、嫌がるよりは……喜ぶだろうなと」

「喜ぶだろうね。愛《め》でて一句詠《よ》むぐらいしそう」

そしてにやにやとほくそ笑む。自分だけの秘密にする。むしろそれが目的で購入した可能性すらある。

「あーもー、そんなこと言われると、気になってくるじゃない。そっちが起きられないなら、私が確かめようか？」

「でも夜中だよ？」

「泊まってくわよ。布団の予備ぐらいあるわよね」

七穂が確認すると、隆司は一瞬止まってから「たぶん」と言った。

——なんなのだ、今の妙な『間』は。

まあいい。あらためて焼きそばをすすりつつ、午後からの予定を考えてみる。

(まずは布団探して干すでしょ? 玄関前の草むしりをやれるとこまでやって、夕飯は今日作った牛すじ煮と炊き込みご飯を二人でシェアすればいいとして……足りないぶんは、なんか作るか。お酒に合うのがいいな。後でビール買いに行こう)

いつも日が沈む前に車で帰るため、アルコールだけは飲めなかったのだ。その必要もなくなると思えば、楽しみにもなってくる。

その後は予定通り客用布団を干し、車を飛ばして買い出しに行き、盆栽と一体化している隆司を放って玄関前の雑草を抜きまくった。

地面にしゃがんだまま、七穂は額の汗をおさえる。

「——はー、あつー」

本当に少し時間が空いただけで、夏場の草ときたら生長が著《いちじる》しい。それでもせめて人目につくところだけでも廃墟感を薄めたいというのが、七穂の願いだった。いずれは全体も綺麗にしてやるつもりだ。

夕方、その抜いた草を詰めたゴミ袋を持って、玄関から庭へ回った。

日焼け対策につば広の帽子、長袖のTシャツ、軍手にナイロンパンツという完全装備で現れた七穂を見て、縁側の隆司がやや気圧されたように目をしばたかせた。

「雨って降ってたっけ……」

「降ってないわよ汗かいただけ。お風呂場借りるからね……」

そのまま縁側から母屋に上がり込んで、熱中症予防に保冷剤を仕込んだ首のタオルで顔を拭《ふ》く。着ているTシャツまで汗で張り付いて、ぐずぐずのどろどろだった。

もはや夜まで待てなかったので、台所の冷蔵庫から冷えた缶ビールを一本いただいてしまった。

「……しみるー」

最高すぎる。失われた体力ゲージがみるみる回復していくのを感じながら、奥の風呂場に移動した。

銭湯を思わせるタイル張りの浴槽に、お湯をためる。

(あ、そうだ。家に連絡しとかなきゃ)

脱衣所で風呂がわくのを待ちながら、七穂は自分のスマホを操作した。

『今日は友達んとこ泊まるから、夕飯は冷蔵庫のグラタン、トースターで焼いて食べて』

ぽんと送信ボタンを押す。

ちょうど薬局の上がり時間だったらしく、恵実子のレスポンスは早かった。

『彼氏でもできたの？』

「はっ？」

『いいけどそれより職探しなさいよ』

メッセージ画面に目眩《めまい》を覚え、スマホを脱衣カゴに放り投げそうになった。

(ばっ、そんなわけないでしょ！　隆司君だよ!!)

何考えてんだ。あなたが最初に言い出したんでしょうに。

顔を真っ赤にして憤慨した後、七穂は急に我に返ってしまった。

──いや、そもそもなんで隆司なら、『そんなわけない』なのだ？

幼なじみだからか？　会社が鬱で休職させているからか？　考えてみればなんの根拠もないではないか。

寝るか盆栽をいじる以上のことはやる気が起きない、無気力植物系男子のようだが、それで男としての本能の部分まで枯れきっていると、証明されたわけでもなく。

なのに自分から泊まると言い出し、外泊のアリバイ作りのようなＬＩＮＥを親に出し、ここで一夜を明かす気まんまんの自分は、ひょっとしなくても無防備すぎやしないか——？

考えすぎるあまり、七穂の眉間に殺し屋のような皺《しわ》が寄る。

こうしている間も、風呂場では浴槽に湯がたまる音が響き、自分は全身汗だくのシャワー待ちで、脱衣カゴには昼間にモールで買ったルームウエアと下着の上下が入っている。買った時は、本当になんの他意もなかったのに。

引き返そうにも、自分はすでに缶ビールを一本空けてしまっている。飲酒運転、ダメゼッタイ。

（いやいやいやいやいや、勘ぐる方が恥ずかしいってもんでしょう！）

七穂はそこで、無理やり思考を打ち切った。

後戻りできないのなら、このまま行くしかない。今さらうろたえるな、女子高生じゃあるまいし。豪快に汗臭い服を脱ぎ、風呂がわいたところでシャワーを浴びて、浴槽にどっぷり浸かってやった。どうだこの図々しさ。

脱いだ服は洗濯室で洗濯させてもらい、やはりモールで買ったトラベルセットの基礎化粧品を、顔に塗り込んだ。ここからメイクをし直すか迷ったが、とりあえずなくなった眉毛だけ描き足した。

「お風呂ありがとう。気持ちよかったよ」

そういう突如として降って湧いた謎の葛藤《かっとう》は飲み込んで、総じてすっきりさっぱりした顔で、隆司の前に出た。

縁側でタワシを撫でていた隆司が、「どういたしまして」と小声で返した。

——そうは言うけど、野郎は野郎だよなとは思う。

ちょうど日が陰りはじめたロケーションで、昼間よりも陰影の細かいところがよく見えていた。一般的な男性の中では線が細い優男に分類されるかもしれないが、甘く整った顔立ちなりに輪郭は骨張り、顎から喉元のライン、肩幅の広さはどうしたって成人男性のそれだ。たぶん本気で組み敷かれたら抵抗できないだろう。

「……七穂ちゃん？」

不思議そうに尋ねられ、七穂は慌てて「なんでもない」とごまかした。

「ほら、隆司君もさっさと入っちゃいなよ。上がったら夕飯にしよう」

「……うん、まあそうだね」

「その『間』は何。いくら面倒でも、風呂さぼったらぶっ飛ばすからね」

今さら動揺したことを、悟られるわけにもいかなかった。怠惰な幼なじみをどやしつける体裁を取り、牛すじの煮込みに炊き込みご飯、じゃがいもの煮っ転がしと大根サラダを付けて、二人分の夕飯にした。

「俺……家のおかずで牛すじが出るって、初めてだ」

「そうなの？　けっこう便利なんだけどね――ん、こんにゃくもちゃんと味染みたわ。煮返す前は薄いかと思ったけど」

「七穂ちゃんて何者なの」

「無職の休職当番だよ」

その片付けも終わったら、さっさと奥の部屋へ移動する。

「――どこ行くの？」

「寝るに決まってるじゃない。夜中に起きなきゃいけないでしょ。今のうちに仮眠取っとかないと」

もうそういうことにしてしまった。

ちゃぶ台の隆司も、「わかった、おやすみ」と淡泊なものだった。七穂は目の前でふすまを閉める。

そう、確かに少々軽率だったかもしれないが、隆司にその気があるならもっと前からどうにかなっていただろうし、七穂の方に気がないのは自明なわけで。

でも次からはこういう真似はやめておこうと反省はし、布団に入って寝てしまうことにしたのである。

＊＊＊

日中働きすぎたせいだろうか。肉体的な疲れもあって、いったん床につけば、予想以上に深く寝てしまった。

そんな七穂が布団の上で目を覚ましたのは、ふすまを背にして眠っていたら、そのふすまが静かに開く気配がしたからだ。

素足が畳を踏むような、かすかなきしみも伝わってきた。

七穂は横向きに寝ながら、にわかに緊張した。電気は消してある。庭に面した障子は風を入れるため、ガラス戸も含めて開け放していた。そこから差し込むおぼろな月明かりでは、物の輪郭を捉えるのでやっとだ。

「七穂ちゃん」

ぎゅっと目を閉じる。まずい、完全に隆司の声だ。周囲を憚《はばか》るような、ごく小さな囁《ささや》き声は、今までで一番こちらの脳幹を揺さぶった。

「七穂ちゃん。寝てる？」

なんだよおまえ、けっきょくそういうことかよ。病んだ仙人みたいなふりして、我慢してただけかよ。いきなりオスになられたところでな、こっちにだって心構えってものがあるんだよ馬鹿野郎。

　その手が寝ている七穂の肩に触れた瞬間、反射的に跳ね起きていた。

「ごめん。ちょっと今は無理――」

　自分で思っていたより、弱々しい女子のような声になったが、隆司は膝をついた姿勢で真っ直ぐ七穂を見て続けた。

「出たみたいだよ」

「……は？」

「幽霊」

　心臓が早鐘のように鳴り、もう一度風呂に入れそうなほど汗をかいている状態だというのに、そう言われた。

　混乱する頭の中で、思考を次元レベルで切り替える必要があった。ここはどこ。私は誰。

（ああ……そうだ。思い出した）

　私の名前は石狩七穂、先日誕生日が来て二十五歳になった。好きな食べ物は肉じゃが。幼なじみの休職当番を買って出て、なんでかその一環で泊まり込むことになっていたのだ。出るかもしれない幽霊を確かめるために。

　今度は別の意味で驚いた。

「え、マジで？」

「静かに。声が大きいよ」

というか君、起きられないんじゃなかったのか。

「出たって、どこに……」

「さっきからずっと、この家の周りをぐるぐる回ってる」

意味を理解して、ぞわりと鳥肌がたった。生唾を飲み込んで庭を見た。

隆司の腕を取ったまま、息をひそめて様子をうかがい続けていると、目の前の縁側から小さな『手』が現れた。

下の方から最初は右手が出て、それから少し遅れて左手も。ぺたりぺたりと、白い両手で板張りの感触を確かめるように撫でている。さらに黒子のようなシルエットの頭が一瞬覗き、音もなく引っ込んだ。

この感じは、どう見ても——。

「七穂ちゃん」

隆司が止めるのも聞かず、七穂は布団から抜け出た。

「君！」

裸足《はだし》で庭へ飛び降りる。

くだんの黒い人影が、斜めに敷地を走っていく。生け垣の破れ目から外へ消える

──と思いきや、背中に何かが引っかかったようだ。

「ちょっ、来るなあ！　猫は嫌ぁ！　化け猫は嫌やあ！」

「なーん」

「おがーさーん！」

だんだん七穂も、暗闇に目が慣れてくる。

その侵入者は、ひいき目に見ても小学校中学年ぐらいの子供だった。

黒のパーカーに、同色のジャージパンツ。同じく黒のリュックサックの持ち手部分が生け垣の枝に引っかかって、身動きが取れなくなっているようだ。

へたにもがくよりも腕をストラップから抜けばいいのだろうが、焦りすぎて気がつかないのだろう。足下に集まってきた野良猫たちに臭いをかがれ、少年のパニックに拍車がかかる。初めはかぶっていたパーカーのフードも、暴れているうちにほとんど脱げてしまった。

「ねえ僕、ちょっと落ち着いて──」

七穂がやんわり話しかけていると、遅れて母屋から出てきた隆司が、懐中電灯のスイッチを入れた。

「……大丈夫？」

無遠慮な人工の光が、どうしようもない現場を子細に浮かび上がらせた形だった。

あらためて、母屋の電気をつける。

柱にかかった古い振り子時計は、午前二時近くを指していた。

庭に侵入してきた少年は、畳の上で七穂の出した冷たい麦茶に手もつけず、正座をしたままうつむいている。

(なんでこんなことに……)

真夜中に不法侵入という大胆な真似をしてくれたわけだが、いざ目の前で見るとそんな真似ができるようにはとても見えない子供だ。くしゃくしゃになった髪は細い猫っ毛で、警戒し体を縮めている姿は、人慣れない子猫のようである。

さきほどまで大泣きしていたが、今は時間とともに落ち着きを取り戻しつつあった。

向かいで正座する家主——結羽木隆司が、静かに尋ねる。

「……君、お名前は?」

「しらない……」

少年は短く、蚊《か》の鳴くような声でそれだけ言った。

「そうか、知らないか。困ったな」

「隆司君。この子、『二年三組』の『青山翔斗』クンて言うみたい」

七穂は無礼を承知で、こちらで確保していたリュックサックの、ネームタグを見つけて読み上げた。

「へえ、二年生にしてはずいぶん大きいね。背の順とか一番後ろじゃない？」

「……な、それは大昔の名札やねん。オレもう四年生や！」

少年がたまりかねたように反論した。

ふだん生では聞かない関西弁。全身から無気力がただよう茫洋《ぼうよう》とした男は、それをそのまま受け止めて微笑《ほほえ》んだ。

「なるほど。小学四年生の青山翔斗君なんだね」

これで年と名前は割れたわけである。

少年は、今さらしまったという顔になり、失言に気づいたようだ。

七穂は、そんな翔斗少年に尋ねた。

「お家の人はどうしてるの？　よく一人で抜けてこられたね」

「……お父さんは夜勤。お母さんはセッパクソーザンで入院！　大阪からおばあちゃん来とるけど、一回寝たら朝まで起きん」

やけくそ気味に返される。理由はそれで判明したが、それにしたってなかなかの行動力だ。呆れると同時に、感心もしてしまった。

「なあ。あんたらこそ何モンなんや。狼男《おおかみおとこ》か？　砂かけババか？」

「うん、なんでそう思うのかな」

ババの二文字は、このさい聞かなかったことにしてやる。

「ごまかすなよ。オレ、この目で見たんやで。ここで化け猫たちが、輪になって踊り出すの」

——なんでも少年は学習塾の帰り道、仲間内で化け物屋敷と名高いこの我楽亭から、お囃子の音色が流れてくるのを聞いたという。

「オレもう、びっくりして生け垣から中を覗いてみたんよ。そしたら庭の猫たちが立ち上がって、音に合わせてひーらひら踊り出して……嘘やないて！　ほんまに見たし聞こえたんや！」

翔斗の訴えに、七穂と隆司は同時に顔を見合わせた。

「……どう思う？」

「化け物屋敷だったんだ、ここ。ちょっと光栄だね」

「呑気《のんき》なこと言ってないで。絶対見た目が草ボーボーでやばいせいだと思うけど」

「いやでも、じいさんの説が強化できたとも言うよ」

まさか結羽木茂が言っていた『一番いいのは夜』の意味が、これであると？　猫が化けて盆踊りだぞ。

「……実際住んでて、聞いたことあるの？　お囃子の音とか」

「ないね……そういうのは特に……」

横で聞いていた翔斗が、わかりやすいほど肩を落とした。

隆司が質問した。

「念のため、聞かせてもらえるかな。その化け猫とお囃子に出会ったのは、何日の何時頃のこと？」

「え……先週の金曜日だけど。時間は七時四十五分ぐらい」

「金曜……八時前……」

時間まで具体的に覚えているのは、家で配信を観たくて急いでいたから、らしい。

隆司はしばらく考えこんだ後、「そうか、祭か」と呟いた。

「どうかした？」

「ごめん二人とも。ちょっと庭にいてくれる？」

相変わらず緊張感のない調子で言って、畳から立ち上がった。そのまま七穂たちを置いて、今いる部屋から出ていってしまったのだった。

「……何が始まるの？」

「ごめん。私にもわかんないわ」

かくして七穂は、翔斗とともに荒れた庭へ移動した。

懐中電灯を手に持ち、寄ってくる蚊を叩いて追い払いつつ、七穂としてはそう答えるしかなかった。

ふだんからぼんやりしている隆司の真意など、つかめたことは一度もない気もするが。

今回も勝手にふすまが開いて踏み込まれた時は、混乱のあまり訳のわからないことまで口走ってしまったが、現実はこれである。実際本当に奴がその気だったら、自分はどうするつもりだったのか、一度胸に手をあてて聞いてみたくなる。心構えの時間ができていたら、よもやＯＫする気だったのか？

（……やめよう。仮定に仮定を重ねる話は不毛だって）

やがて七穂たちがいる庭に、言葉通りの祭り囃子らしき音色が響き始めた。

ドーンドーンドンタカタッタ、ドドーンドドーン！　と力強い太鼓の調べ。そこに絡まるのは、純和風なお囃子のメロディー。

「これ……これだよお姉ちゃん！　こんな感じだった」

翔斗が興奮気味に服をつかんでくる。

でも——違う。

「違うよ翔斗君。これは、君が思ってるようなのじゃない」

確信した七穂は、翔斗を連れて再び室内へ走る。ただし行き先は母屋ではなく、離れの洋館だ。

書斎を抜けた続きの間、サンルームにあるグランドピアノで、結羽木隆司はまだその曲を弾いていた。

伊福部昭《いふくべあきら》の日本組曲から、タイトルは『盆踊』という。

ゴジラのメインテーマの作曲者が作ったと言えば、その力強い曲想もおわかりいただけるかもしれない。

左手で絶えず五連符の和音を叩き続けながら、右手で高速のメロディーを奏でる、力業もいいところの曲だ。それによって生み出されるのは、西洋的なダンスというより重心を下に下にとすり足で進むような、古代日本の暗黒舞踊である。先祖に捧げる祭儀の踊りだ。

一台でオーケストラなみの表現力を持つと言われるピアノだが、この曲も和太鼓や笛や鉦《かね》の音色を、完全に取り込んでしまっていた。

弾く隆司のテクニックもすごいのだろうが――。

「隆司君」

七穂が呼んでサンルームの明かりをつけると、ようやく向こうが手を止めた。

直前まで妖しいリズムを悪魔的な速さで弾いていたくせに、おくびにも出さずさっぱりしたものだった。

「やあ」

「今の……お兄ちゃんが弾いたの？　一人で？」

翔斗の質問に、隆司はうなずいた。

「あの日もこんな感じで、七時台に弾いてたんだよ。紛らわしいことしてごめん」

「ほんと自分だけってずるいわよね。私にも謝りなさいよ」

実際七穂は腹がたっていた。結羽木隆司よ。貴様ときたら、あれだけ面倒くさがっていたくせに、隠れてこそこそとは情けない。弾くなら私がいる時にしろ。しかもこんな高カロリーの曲を隠れ弾きとは、いったいどういう了見だ。

「パクチーを一秒でも早く忘れたかったんだ」

「最悪だよ」

それかよ。そこまでかよ。

「で、でもだよ。オレが聞いたのがお兄ちゃんのピアノだったとしても、猫は？　あいつら確かに踊ってたんだよ！」

納得できないらしい翔斗が、窓の向こうの庭を指さした。

確かに我楽亭には、猫が沢山いる。今もみな好き好きに潜んでいるはずだ。

しかし七穂が知るかぎり、途中で飼い猫にしたタワシはもちろん、ギザさんや先輩を含めて、尻尾が二股に分かれている者はなく、ごく普通の日本猫だ。

　こうして見ている間も、一匹が動いて庭を走った。猫特有の光る目が、茂みと茂みの間を音もなく——。

「ねえ、隆司君。ちょっともう一回電気消してくれない？」

「え」

「早く」

　庭を注視したまま、七穂は隆司を急かした。

　隆司が立ち上がって、七穂がつけた入り口付近の照明スイッチを切る。部屋の中が、再び暗くなる。

　目が慣れてくると、猫がいるせいと思っていた草むらの光点が、実はもっと多いことに気がついた。移動する時も両目の二個単位ではなく、一個だったり三つ同時だったりと、かなりランダムだ。

「あの池の周りの草むら、ちらちら光ってるの見える？」

　七穂がうながすと、隆司と翔斗が寄ってくる。

「……ほんとだ」

「もしかしてあれ——ホタル？」

　隆司の呟きに、七穂は「ビンゴ」とうなずいた。

「こんなところにホタルなんているんだ」

「種類によるよ。あれはたぶんヘイケボタルだね」

ヘイケボタルのピークは、七月から八月。ちょうど夏休みの今頃だ。近所の公園や田舎《いなか》に行き、虫取り網を振り回していた、野猿時代の記憶を引っ張り出してみる。

メジャーなゲンジボタルよりも一回り小さくて地味な印象だが、清流に棲むゲンジボタルと違って、ヘイケボタルは田んぼの畦《あぜ》や土手などが主な生息地だ。我楽亭の近くには小川が流れているし、こういう人工の池やビオトープにも、条件が揃《そろ》えば飛来するのかもしれない。

「何日も住んでたのに、全然気づかなかった」

夜の星のように温度のない、ホタル特有の瞬きに見入ったまま、隆司が独り言のように呟いた。

「それ以前に、庭を愛でる気力もなかったでしょ、君」

「確かに」

認めるか怠惰男。

「確か飛ぶ時間帯があるんだよ。最初のピークが日没後の七時半から九時ぐらい」

ちょうど青山翔斗が、我楽亭の前を通りがかった時と重なる。

「その次が十一時前後で、最後が日付も変わった午前二時ぐらい――」

今だ。

結羽木茂氏が、一番いいと言った夏の夜。この光景を独り占めできるなら、納得だと思った。

そしてゲンジボタルと違って、地面に近いところを飛ぶヘイケボタルを、庭の猫たちが獲物を見る視線で追う。射程距離にいれば、つい本能で手を伸ばす。たった今、ギザさんが体をうんと伸ばしてホタルに飛びついた。傍目には、猫が突然立ち上がって踊り出したように見えるかもしれない。

「うあー、もう嫌やあ！」

翔斗が急に叫んだ。

「おしまいや……こんなんマサユキたちに教えられへんわ。このまま捨ててください。頼みます」

「ちょ、ちょっと大丈夫？」

彼はサンルームの床にひっくり返って、大の字になった。

「なあお姉ちゃん。オレな、しょーもない嘘つきやねん」

床に寝転んだ姿勢のまま、翔斗は皮肉そうに顔を歪《ゆが》める。

「嘘つき？」

「そう。こっちの学校に転校してきて、みんなに注目されてウケるのが嬉しくて、調子に乗ってアホな嘘たっくさんついてしもうたんや。前の学校では人気者やったとか、UMAバトルカードのチャンピオンはってたとか。ほんまはそんなん全然ちごたのに」

喋りながら少年の声はしだいに涙声になり、ぐすりと鼻を鳴らした。

「金曜日の夜、オレがここで化け猫を見た言うたら、マサユキに嘘じゃねーのって言われた。俺が嘘やないって返したら、証拠見せろって。せやからオレ、ちゃんと証拠集めに来たんや……なのに」

怪異に思えた原因は、たった今全て明らかになってしまったわけだ。

確かに彼の立場にしてみれば、家を抜け出すリスクを冒して連日張り込んだあげく、夢も希望もない結果になってしまったかもしれない。証拠もなしでは汚名もそそげないのだ。

「明日からどないな顔して塾行けばええねん。もう嫌やこんなん！」

「だ、大丈夫だよ翔斗君。そんなに泣かないで」

この世の終わりのような声で泣きべそをかく少年を、七穂も見ていられなかった。

「つい嘘ついちゃった、ほんの出来心なんでしょ？　次はもうしないって、約束できる？」

「できる。約束する」

「よし。ならまだホタルは光ってるから、ギザさんたちと一緒に動画撮っちゃおう。音もつければば、充分オバケの証拠ってことにできるかも」

「ほんま？」

「ねえ隆司君、今からピアノ弾いて――」

「いや、そんなの全然意味ないでしょ」

七穂が振り返ったら、ばっさりと拒絶された。

隆司はスウェットのポケットに手を入れたまま、床の翔斗を眺めるように見下ろしている。

「一つ聞きたいんだけどさ、翔斗君。仮に作った動画をみんなに見せて、うまく乗り切ったとして、そうしたら君は許されるの？」

「……それは……」

「そもそも君が疑われてたのは、それまでついていた嘘が沢山あったせいだよね。うまくごまかせてたのなら、こんな風に追及されないわけだし。無罪放免になる保証はないと思うんだけど、そこんところ君はどう思うの？」

ちょっと。

いくらなんでも、子供相手にきつく言い過ぎだろうと思った。追い詰めてどうする。

「残りの嘘はどうする？　何も解決してないよ。言っておくけど覚悟も準備もなしについた嘘なんてね、ほんと簡単にばれる。笑えるぐらいばれる。たぶん時間の問題だよ、君が丸裸にされるのは」

「そんなん嫌や！」

「嫌か。ならどうするの」

「あ……謝る。今までのは全部嘘ってみんなに言う。一生懸命謝る」

「元通りになるといいね」

平坦な声と冷めた眼差しの隆司が、この時はこの上なく残酷に見えた。

「君に賞賛を送ってくれた子たちは、君が自分を騙《だま》そうとしていたこと自体は忘れないと思うよ。そういう人間として、それなりにつきあってはくれると思うけど」

翔斗は顔を涙でぐしゃぐしゃにしたまま、嗚咽《おえつ》した。

「覚えていて。その痛みが君がついた嘘の代償。こうなるから、嘘っていうのは劇薬なんだ」

「……わかった……っ」

「嘘はいずればれる。その上で今何ができるかってことだよ」

「どうすればいいの……？」

すがるように翔斗が尋ねると、隆司は初めて薄く笑って膝をつき、少年の猫っ毛に手の平を置いた。

「作ろうか。一個だけでも『本当』を」

＊＊＊

翔斗の祖母がキッチンに立ち、お湯をわかしてラーメンを作っている。

「なーなーおばあちゃん。今日はスペシャルラーメン、ハム三枚入れてくれる？」

「ハム三枚？　あー……まあええやろ」

「ありがと」

「特別やで」

真っ直ぐ頼む翔斗の目を見て、何か思うところがあったのかもしれない。通常なら五枚入りのハムの、最後の三枚をどんぶりに入れてくれた。

具だくさんのインスタントラーメンをずるずるとすすり、食べ終わったら塾に行く支度をする。

「早ないか翔斗」

「うん、今日はちょっとね」

授業が始まる前に、是が非でもやることがあるのだ。

嘘というのは、自分がつまらない奴だからついてしまうのだと翔斗は思っていた。自分は小さいくせに見栄っ張りで、本当の自分よりも大きく見せられる機会に飛びつかずにいられなかった。

真夏の炎天下、学校は休みでも自転車をこいで学習塾に向かう。

始業前の教室では、いつものようにマサユキたちがたまっていた。長机の上には複数のトレーディングカードが散らばっている。

「翔斗ー」

通り過ぎようとすると、マサユキが呼び止めた。

「化け物屋敷、行ってきたのかよ。オレさ、証拠ずっと待ってるんだけど」

マサユキの取り巻きたちも、一緒になってにやにやと笑っている。

隆司の言った通りだった。翔斗が目立つためについた嘘は効力が薄れ、とっくに期限切れになっていたのだ。まだなんとかごまかせるかもなんて、それこそ自分のための甘すぎる見込みだった。

今の翔斗のステータスは、大阪のモブより悪い『ほら吹きの転校生』だ。

嫌なら、変えたかったら、自分でひっくり返すしかない。

翔斗はがまんをして方向を変え、歩いてマサユキたちの前に立った。

「な、なんだよ――」

「我は見た。聞いた。ここに怪奇の証あり。今ここで決闘を申し込む！」

手に持っていたUMAバトルカードを額にかざし、相手につきつける。

それは漫画やアニメでUMAバトルのプレイヤーが勝負を仕掛ける時に唱える、お決まりの文句だった。

少し声はひっくり返ったし、何も知らない女子が振り返ったし、膝も震えているが、なんとか噛《か》まずに言えた。

逆にこの挑戦を受けずに逃げるのは、UMAバトルプレイヤーにとって最大の恥となる。どんな駆け出しでも、チャンピオンホルダーでも一緒だ。だからマサユキたちは、みんなで囲んでこの決闘を翔斗に受けさせようと話していたのだろう。

先手を打たれた形のマサユキが、かっと顔を赤くした。

「――いい度胸してるじゃねえの、翔斗のくせに。なら受けた。おい、誰か立会人やれ！」

「みんなー、マサユキと翔斗がガチバトル始めるぞ！」

「マジで!?」

決闘成立。にわかに周りが盛り上がる。

用意された新しい椅子に、隆司は座った。ギャラリーはかつてない人数に膨れ上がり、目の前ではマサユキが自分のカードを切り始めた。

「いつも逃げてばっかだったのに。今日はどうかしたの」

「特に意味はない。始めよか」

翔斗も自分のカードデッキを取り出し、よく切った。

両者とも束にしたカードを山札に置き、手札を七枚取ってからじゃんけんで先攻と後攻を決めた。勝ったマサユキが先攻を宣言した。

選ばれた立会人が、試合開始を告げる。

「UMAバトル——ラウンド1、スタート」

まずは両者ともに七枚の手札から第一戦のUMAカードを、バトルフィールドに出すことから始める。控えのUMAカードは、相手に開示したまま待機スペースに置く。

(オレは『雪女』と『カッパ』のUMAカードを引いたから、『雪女』をバトルフィールドに。『カッパ』は待機スペースに置いておこう)

向かいのマサユキが、鼻で笑うのがわかった。向こうが最初にバトルフィールドに送り込んだのは、スペシャルカードの『成層圏のスカイフィッシュ』だ。槍《やり》のような棒状の魚で、空中を二百キロ以上の高速で移動するUMAである。イラストにホログラム加工がしてあるのからわかるように、翔斗が出したノーマルのUMAカードよりも能力値が高い。もう一枚の『虹を作るメネフネ』も、キラキラのスペシャルカード。

ハワイ生まれの妖精だ。

さっそく切り札で威嚇《いかく》してきたかと思った。

腰巾着のトモノリや、他の塾生から巻き上げたレアカードで武装したマサユキのデッキは、カードに書かれたスペックだけなら敵なしだ。正面から堂々とごり押ししていくパワープレイが、彼の信条だった。

「先に行かせてもらうな。『スカイフィッシュ』に炎エネルギーカード使用で、超必殺技『弾道ミサイル』の限定解除。氷属性への耐久力アップ！」

翔斗のUMAカードがノーマルなのを見越して、強いカードをさらに強化することにしたようだ。勘弁してほしいと思う。ただでさえ高火力なのに、そんな拳で殴られたら一撃で蒸発してしまう。UMAを三体失った時点で一敗。三セットマッチで二敗すればこちらの負けだ。

本当に、転校初日の対戦で、一度でも彼に勝てたのは奇跡だったのだろう。

「ほら。翔斗の番だぞ」

「わかった……まずは山からカードを一枚取って、怪奇カード『チェンジリング』の発動を宣言します」

怪奇カードとは、UMAカードに書かれた攻撃とは別に使用できる、特殊効果カードだ。使い方によって、敵陣を不利な状況に追い込んだり、自陣を有利に導いたりすることができる。

「チェンジリング……？　なんだそれ、そんな怪奇カード聞いたことないぞ」

翔斗が場に置いた怪奇カードを、マサユキが無遠慮に奪い取った。

「……『使用者の宣言により、敵、あるいは自陣にあるバトルフィールドと待機スペースのＵＭＡを入れ替えることができる』って……はあああ!?」

「立会人。敵の入れ替えを希望します。今フィールドにいる『スカイフィッシュ』と、待機スペースの『メネフネ』を入れ替えで」

「わ、わかった。認めます」

「ま、ま、待て！　おい待て！　ストップ!!」

マサユキが大声をあげて制止した。

彼にしてみれば雪女用に強化したばかりのＵＭＡカードを引っ込めて、二番手の『メネフネ』を引っ張り出される形になったのだ。どうしても認められないのだろう。

（俺の『雪女』はノーマルやけど、『メネフネ』は氷属性が弱点やから充分渡り合える。その後の『スカイフィッシュ』に負けても、二番手の『カッパ』は『沼地に沈める』で飛ぶＵＭＡにはめっぽう強い）

スペシャルカード相手でも、勝機は充分あった。

「嘘だ、嘘！　こんなのありえねえよ。みんなだって見たことねえだろ、こんなカード一度も。おかしいって」

そう言って取り上げた怪奇カードを、立会人も含めた周囲の仲間に見せつけた。

「な？　なんか角とか古くて潰れてるし。こいつ嘘つきだから、カードも嘘なんだぜきっと」

「……違う。嘘じゃないよこれは」

弱々しい声で言ったのは、彼の腰巾着のはずのトモノリだった。

「トモノリおまえ」

「僕のお父さんが、ネットのオークションでずっと探してたやつだ。僕らが生まれる前に発売された限定カードで、今はすごい高い値段がついてるって言ってた……すごい、本物初めて見た……」

トモノリの父親は、ゲーム会社に勤めている。その息子が興奮気味に言う台詞には、何よりの説得力があった。

翔斗は椅子に座ったまま、静かに続けた。

「マサユキ。わかったならカード戻して。それとももうやめる？」

「――っ、くそ。俺が勝ったらそいつも貰うからな」

「できるものならね」

翔斗を見るみんなの目が、明らかに変わった気がした。底知れない怪物を見るような目だ。

（……落ち着いて。貰ったカードは一枚だけ。あとは相手の戦術に合わせた流れの組み立てと、場を読む力が大事）

我楽亭で師匠に教わったアドバイスを、もう一度頭の中に刻みこむ。

それでも、序盤で出てきた伝説級のレアカードというのは、マサユキの勝手を狂わせるのに充分だった。いつどんな手札が出てくるかわからないという怯《おび》えが、強気の戦術に影響を与えたのだろう。数字に勝るＵＭＡたちを、翔斗は怪奇カードを使った搦《から》め手で着実に削っていった。

「ゲームセット。二対一で勝者ヒロト！」

立会人によって翔斗の勝ちが確定すると、マサユキが手札を放り出した。

「すげえ、青山翔斗が勝った！」

「やっぱチャンピオンだったんだ」

固唾《かたず》を呑んで見守っていたギャラリーが、塾の中とは思えぬ勢いで沸き立った。

マサユキが翔斗を睨《にら》みつける。

「わかったよ。確かにおまえは強い。俺の負け。俺のデッキから好きなもん持っていきな」

「ううん、それはいらない」

「バカにしてんのか？」

「そうやなくて、色々謝るから許してほしいんや」

　勇気を出すならここだ。戦って実力は示した。正直にあるがままを、みんなに差し出せ。

「……この間な、オレが化け猫が踊ってるのを見た言うたやろ。あれ全然違うたわ。幽霊でもなんでもなかった。道頓堀の虎と、豚まんもそう。オレの勘違いやって、ほんまにゴメン。謝ります」

　でも、だけど。

　翔斗は机の下で、膝の上に置いた手を、ぎゅっと握りしめる。

「でもな、その化け物屋敷……我楽亭って言うんやけど。そこに住んでる人と、友達になれたんや。ピアノとUMAバトルが鬼強い、変な仙人みたいな人。オレ以外にも友達連れてきていい言うてたから、今度みんなで遊びに行かへんか？　きっと……楽しいと思うんや」

　最後に付け足した笑い方は、いかにも過ぎてぎこちなかったかもしれない。大阪からこちらに越してきて、最初に教室に入った時を思い出した。みんなが翔斗のことを注目している、あの時間。

　嘘をついて上に行くのではなく、もっと早くこうすれば良かったのだ。

「……何それ。UMAバトルの仙人?」

「いやほんと。これはマジやねん」

緊迫していた空気の中で、マサユキがぷっと噴き出した時、翔斗は本当のところ泣きたくて仕方なかったのだ。嬉しくて、そして心の底からほっとして。

＊＊＊

夕方になって七穂が帰り支度をしていると、我楽亭の振り子時計が、午後五時を指した。

確か翔斗の塾が、五時スタートだったはずだ。開始前に片を付けるそうなので、今頃は結果が出ている頃だろうか。

「まさか君が、うるさいお子様を家にあげようとはね……」

「今思うとめちゃくちゃ自分のこと棚に上げて喋っててさ、死にたいぐらいなんだけどどうしようかね」

死ぬなよ。死ぬ気で特攻している翔斗の立場がないぞ。

その隆司は縁側で盆栽の根元に、苔を植え付けている。よそから持ってきた苔を水につけ、ピンセットで貼り付ける細かい移植作業で、あれは勝手に生えてきているわけではないことを七穂は初めて知った。

　枝を曲げたり苔を足したり、盆栽というのは『自然物でございい』という顔をして、意外に人の手が必要なものらしい。

「それでけっきょく、勝てると思う？　翔斗君」

「そこは大丈夫じゃないの。一通り練習したし、作戦も練ったから」

「ならいいけど。なんか勝ち筋だの戦術だのを横で聞いてたから、君が相当意地悪な奴だったの思い出したよ」

「え、俺のどこが意地悪？」

「意地悪でしょうが。覚えてない？　年下のド素人のこと、いつもボコボコにしてくれたじゃないの」

　七穂は指摘する。今回だってそうだ。追い詰められて後がない翔斗にすら、容赦なくきついことを言って逃げ場を封じていた。

　その場限りの嘘でごまかすよりも、確実な『本当』を作ろうと言って、提案したのがＵＭＡバトルカードのレベル上げだ。隆司は我楽亭の物置にしまってあった自分のカードコレクションも引っ張り出し、あれやこれやと指示を出していた。

「翔斗君にも、何もあんなお古のカードあげなくてもいいのに」

「……七穂ちゃん。ＵＭＡバトルカードのゲームとしてすごいところはね、約二十年前の発売から一枚として、使用不可能になったカードがないことなんだよ」

「お、おう……」

つまりどれも現役だと言いたいらしい。

「相手のデッキ次第で、過去のカードも活きてくる。俺が昔組んでたデッキの中から、翔斗の手札と予想できる敵の出方で相性良さそうなのを選んでみたから、むしろ負ける理由がないというか……」

「そういう気遣いを、昔の私にもちょっとは向けてほしかったわ」

「わざと負けてあげても、七穂ちゃんは喜ばないと思ってたよ」

いやいや僕ちゃんよ。あらゆるルール付きの遊びに、ワンサイドゲームで負け続けた人間としては、トラウマにならなかっただけ上出来だと思っているのに。

だのに何をこの男は、初耳のような驚いた顔をしているのだ。

「負けてももう一回って、いつも食いついてきてくれたじゃないか」

「だってやられっぱなしじゃ腹立つじゃない。勝てなかったけど」

「反則する時も豪快で」

「したくてしたわけじゃない」

「……そうか。もしかして君がどんどんよそよそしくなったのは、そういうわけ……？」

「いやまあ、私だって毎度接待プレイしてもらいたかったわけじゃなかったけど」

むしろ年とともに距離を取ったのは、隆司の方ではないだろうか。

ある一定の時期を境に、隆司は目に見えて変わった。我楽亭に来る回数が減り、来てもピアノは弾かなくなった。子供っぽいＵＭＡバトルカードなどもやらなくなった。中学受験の塾通いが忙しくなったと言って、そのまま石狩家と結羽木家の交流自体がなくなった。ちょうど七穂が小三、隆司が小五ぐらいの頃だ。

早めの反抗期だったのかもしれないし、七穂の耳にも入ってくる微妙な噂話《うわさばなし》もあった。

（……あの噂、本当なのかな）

母の恵実子が、電話口で話していたことがある。子供ができない結羽木夫妻が、養子として引き取ったのが隆司だと。

色々なことを少年が『察した』結果、彼は子供としての遊び時間を、早めに切り上げた可能性はある。周囲の期待に応えることに専念し、受験戦争を勝ち抜き、非の打ち所のないエリートコースを真っ直ぐ駆け上がって。

そして今、出世階段から転がり落ちて、縁側で盆栽をいじる以外何もできなくなっている。

「俺はなんていうか、昔から人の気持ちがわからない奴なんだな……」

「ねえ、なんで君は休職することになったの？」

七穂は、思い切って聞いてみた。表向きはごく気軽に、なんということのないふりをしながら。ここまでは遠慮もあって、一度も触れてこなかったことだ。

隆司が答える。

「俺？　人を殺したから」

あまりのことに言葉を失った七穂だが、隆司は茫洋とした目のまま言った。

「本気に取らないでくださいよ」

——もう、脱力してしまうではないか。瞬間止めていた息を吐き出した。

確かに本当に殺人なんてものがあったのなら、日本の司法制度が黙っていないし、隆司も呑気にあぐらをかいていないだろう。

「わかりにくいんだって、君の冗談」

「そうだね。あんまり得意じゃない」

「けっきょくなんなの」

「会社の暗部を知った俺を、上層部が生かしてはおけないと危険視してね」

「はいはいわかりました」

言いたくないなら、別にいいと思った。

深いところを探らずにいたのは、けっきょくのところ七穂自身も聞きたくなかったからかもしれない。知らなければ今のままでいられるから。

大して楽しそうでもないのに、どうしていじるのが盆栽なのか。引きこもりなのにその鉢はどこで手に入れたのか。思ってはみてもやはり聞かない。

やる気がない彼の面倒を見る、休職当番。そういうお題目のもとで成立する、需要と供給。ここでは必要とされているという安堵《あんど》。

甘くてぬるい関係だった。

三章　近所づきあいというものがありまして

（ポテトと唐揚げはなー、たぶん飲み物レベルでなくなるんだろうなー）

その日は朝の早いうちから我楽亭に乗り込み、台所に立っていた。

ただ今七穂が天ぷら鍋で揚げているのは、鶏の唐揚げだ。来る途中のスーパーで、激安の胸肉を大量に買ってきた。下味は塩コショウをベースに、酒、砂糖、おろし生姜とおろしニンニク。そこにマヨネーズも入れることで、激安胸肉のぱさぱさ感をなくす作戦だ。後は片栗粉をはたいて、低めの油と高めの油で二度揚げするのである。

とりあえず一個、揚がったものを味見してみる。

「ん……揚げたてはなんでもサイコーね」

二度揚げしたから芯《しん》まで火は通っているし、皮はカリカリ。中身はジューシー。素晴らしい。

それにつけても油の前は暑いぜ。

七穂がハンドタオルで汗をぬぐい、菜箸片手に後ろを振り返ると、すでに揚げ終えたドーナツがバットの上で山となっており、隣には茹でた枝豆、トウモロコシ、ラップのおにぎりなどが別皿に盛ってあった。例によって適切な器がなかったので、棚の奥から発掘した伊万里焼《いまりやき》の大皿などを使ってしまった。罰が当たらないことを祈るしかない。

「七穂ちゃん……うわ、すごいね」

台所に顔を出した隆司が、その量に軽く言葉を失っていた。

「まだまだこんなもんじゃないよー。鍋にカレー作ったし、鶏とポテトはまだ揚げてる」

「大量すぎ」

「奇跡的に余ったら、君の明日のご飯にもアレンジして回してあげるよ」

鶏の唐揚げは、すでに唐揚げに塩気があるぶん、薄めに味をつけた甘酢に絡めて、酢鶏や油淋鶏《ユーリンチー》がいいだろうか。あるいは枝豆やトウモロコシと一緒に、チキンライスやガーリックライスにするのもよし。

（ドーナツは個包装のラップをして、冷凍。おにぎりは焼いてからお茶漬けにしたり、それこそ焼きめしのベースにしたりしてもいいよね。冷やご飯だし）

それもこれも、首尾良く余ればの話だが。

「なんで七穂ちゃんはこんなに手際良くて有能なのに、仕事決まらないんだろうね」

茹でた枝豆をつまみ食いしながら、隆司が首をひねっている。

嫌みではなく、恐らく素でそう思っているようなのが、逆にむかついた。

「……しょうがないじゃないの。私、職場が長いこと続いた試しがないんだよ」

「どうして？　人間関係？」

「広い意味ではそうかもしれないけど」

総じて同じところに通って、みんなと同じことをしつつ成果を出すということが、致命的にヘタクソ。そうとしか言えない。

「こらえ性ないんだよ。あと協調性も」

「そうは見えない」

「ほんと。慣れてくると楽になるより息苦しくなる性分だし、工夫しだすと他とぶつかるし。がまんしてると居づらくなって、けっきょく自分から辞めちゃう。そういうのの繰り返し」

「やっぱり惜しいよ。一人でこれだけできるのに」

そういうのは、会社組織ではあまり重要視されないのだ。おあいにく様だ。

お客様のためを思ってした提案を、『目立とうとするな。新人のくせに』の一言で握り潰されたのは、新卒で入った旅行代理店だったたか。取り下げさせた先輩は、後日しれっとその企画を上司に提出して表彰されていた。本当に意味がわからなかった。なにかあれ以来、七穂は社会へのコミットの仕方というのを、完全に間違えてしまった気がするのだ。

「翔斗君と友達って、いつ来るの？」

「と、それを言いに来たんだよ。もう庭に来てる」

なんとまあ。早く言え。

青山翔斗が連れてきたのは、全部で四人の同級生だった。

縁側前の庭に居並ぶのは、背丈も体格も面構えもばらばらの子供であったが、総じて可愛い小学生だと七穂は認定した。

「──どうもこんにちはー。いらっしゃい！」

翔斗を含めた小学生たちは、「ども、こんにちは」とそれぞれのテンポでお辞儀をした。七穂はにんまりと口の端を引き上げる。

「ええと、マサユキっていう子は誰？　君？　トモノリは？　君ね。残りは初めて名前を聞く子かな。初めまして、石狩七穂と言います。ほら隆司君」

「ああうん……結羽木隆司です。隆司でいいからね」

隆司もキャパがないなりに、子供たちに挨拶をした。

これが先日のゲームの成果である。孤立しかけていた翔斗が、こうして勝負に勝って友達を沢山連れてきたのだから、大歓迎してしかるべしだろう。

「……質問してもいーですか」

「いいよなんでも」

翔斗の友人の中で、比較的背の高い少年が、隆司に向かって手をあげた。恐らくリーダー格のマサユキだろう。

「二人は夫婦なんですか」

「ううん、いとこ」

「会社いったりは」

「休職中だから」

「そっちのお姉さんは」

「求職中だから」

マサユキを含めた、全員が黙り込んだ。小学生の理解の範囲を超えたのかもしれない。七穂も維持した笑顔がひきつりそうだった。

(だからせめて、無精髭ぐらい剃《そ》れって言ったんだよ！)

聞いちゃくれなかったが。多少あがいたところで、怪しいのに変わりはないかもしれないが。

　いいか小学生よ、よく聞いてくれ。大人になっても、突発的に夏休みを取ることはあるのだ。この死んだ魚の目をした男は休みを必要としており、七穂は便乗して世話をしに通っているだけなのだ。職は先日お祈りのメールがまた来たところだ。

「で、でもなマサユキ。前も言った通り隆司お兄ちゃんはピアノが弾けて、ＵＭＡバトルがめちゃくちゃ強いんやで」

「七穂ちゃんも料理上手いし、太鼓叩くよ」

「あっ、みんなお昼食べる？　唐揚げとかドーナツいっぱいあるよ」

　七穂は精一杯明るく言って、後ろの和室を指さした。ちゃぶ台に、さきほど作っておいた料理の大皿が並べてあった。

　効果はてきめんだった。小学生たちは「唐揚げ？」「ドーナツ？」「食べる！」とあっという間に靴を脱いで縁側を乗り越えていき、まだ熱い揚げ物やおにぎりに群がった。

「おいしい？」

「すげーうまい！」

　五人ぶんの明るい声が返ってきて、ほっとする。栄養バランスを無視して、子供の好きそうなものに全振りして良かった。なんとかごまかせたようだ。

たらふく食べさせて腹を満たしてやった後は、みんなで遊んだ。

洋館で隆司にピアノを弾かせ、七穂もバケツドラムで参戦し、タワシを猫じゃらしで可愛がって、縁側で新旧UMAバトルカードの品評会をした。お盆にのせたカルピスとスイカも、おやつの時間に配った。

「……こう？」

「違う違う、足でバケツを固定して、それを叩く時に浮かせるの。見てて、ドチタドドチタって」

「おー」

七穂は沓脱石に座り込み、空のポリバケツで基本の八ビートを刻んでみせた。横で少年が手を叩く。

カードゲームも戦術の濃い話になってくるとついていけないので、同じくそこまで興味がない子と一緒に、バケツドラム教室を開いているところだ。

隆司は今も縁側で、ギャラリーに囲まれながら翔斗と対戦をしている。タワシを肩にのせた成人男性の隆司と、小学生男子の翔斗が、まったく同じ姿勢でUMAバトルカードに向き合っているので、光景としてはかなりシュールだ。

（……嫌いじゃないけどさ、こういうの）

あの隆司が、子供相手とはいえ、七穂以外の人間と喋り、盆栽の手入れ以外の遊びを普通にしているのだ。考えてみなくても、これは大きな進歩ではないだろうか。

何か面白い手が出たようで、子供たちに交じって隆司が小さく笑った。

「……ちゃん。お姉ちゃん。ドラムどうすればいいの」

「あ、うん。一緒にやってみようか」

慌てて前を向き、自分用のドラムスティックを構え直すと、庭にいた野良猫たちがちりぢりに逃げていくところだった。

（だれ？）

七穂たちしかいないはずの空間に、知らない人間の二人組が入ってきた。

一人はゴルフウエアに七三分けの男性。体格は痩せ型で、年で言うなら会社を定年退職して数年たったぐらいだろうか。

もう一人は、主婦風の女性である。推定年齢は四十代半ば。恰幅のいい体形にボーダーのTシャツとストレッチパンツをはき、黒髪のボブにセルフレームの眼鏡《めがね》をかけている。

なんだろう。一見して、あまり共通点のなさそうな組み合わせだ。

「結羽木さんはいらっしゃいますか」

先頭の男性が、七穂たちを含めた全員に向かって言った。相方の女性は一歩離れたところにいて、ひたすら怒ったように唇を引き結んでいる。

「……えっと、僕です。なんでしょうか」

隆司が子供たちに囲まれながら、返事をした。

対する男性の答えは、七穂の予想からかなり外れていた。

「ちょっとだけ、お時間よろしいですかね。わたくしたち、新田《しんでん》二丁目町内会のものです」

＊＊＊

「……ほんとごめんね。これ、唐揚げの残り。おやつにでも食べて」

「うん、ありがとう七穂お姉ちゃん」

「またおいでね」

玄関先。七穂は残っていた揚げ物を全てアルミホイルにくるんで、ビニール袋に入れて翔斗たちに渡した。

翌日以降の隆司に回すぶんが、これでなくなったわけだが、途中で追い返すようなことになってしまったのだから仕方ない。奴には冷えたトウモロコシと枝豆でもかじってもらおうと思う。

小学生たちは、駐めていた自転車にめいめいまたがった。

「さよなら！」

「太鼓タノシカッタデス！」

見送る七穂は、自然と笑顔になって手を振った。

（さて——あとはこっちだ）

真顔に戻って、きびすを返す。

母屋のちゃぶ台がある部屋では、さきほどの訪問者と隆司が対峙しているところだった。

七穂は横目で様子を見てから、台所に行って人数分の冷たい麦茶をいれる。

翔斗たちに配った後だったので、ポットに残っていたのはコップに二杯ぎりぎりだった。

（セーフ……）

お盆にその茶をのせて、話し合いの場に持っていった。

ここまででわかっているのは、男性が我楽亭がある地区の町内会長で、女性が役員であるということぐらいだ。

「——どうぞ」

「いやいや、どうぞおかまいなく」

男性は定番の文句を言った。

「結羽木さんの奥様でいらっしゃいますか」

「いえ、私は」

「彼女は僕の、親戚なんです。僕がご覧の通り体調を崩してここにいるから、様子を見に通ってきてくれているんです」

隆司の説明は、とつとつとしながらも明瞭《めいりょう》だった。さきほどの小学生たちにも、そう説明してくれよと思うぐらいだった。

「……体調を崩して、ねえ。遊んでるようにしか見えませんでしたけど」

えぐるような嫌みを言ってきたのは、ここまで黙っていた役員の女性だ。

七三分けの会長が、「まあまあ佐竹《さたけ》さん。そこは抑えて」と、苦笑しながら女性をなだめる。

「ともかく我々としてはですね、このお宅に住んでいる人はいないと、そういう前提で、何年も地区の当番を飛ばしてきたわけなんですよ。あくまで特例ということで」

「それは……ご配慮いただきありがとうございます」

「ただね、そちらがまたお住まいになるというのでしたら、話が変わってくると言いますか。飛ばしてきたぶんの還元は多少なりともしていただきたいと。あー、そのへんのところ、ご理解いただけませんかね」

——つまり、なんだ。ようは今まで空き家だからと免除されてきた町内会の仕事を、引き受けろと言いたいらしい。

（いや、無理でしょ）

速攻で思った。この人、思い切り休職中だぞ。こちらが介入しなければ、たぶん相変わらずゴミ屋敷だぞ。

七穂は恐る恐る聞いてみた。

「あの、具体的には何をするんですか……？」

「夏祭りの実行委員ですね」

会長いわく、毎年八月の下旬あたりに、子供会と合同で開催しているらしい。

「実は仕切っていた実行委員長さんが、体調不良で入院してしまいましてね。それからとにかく手が足りていないらしいんですよ。会場のレイアウトとか、警備の手配とか、滞ってるところに入って、若い力で一つパーンと。お願いしますよ」

「む、無理ですよ！　この人鬱で休職してるんですよ！」

「なあにが無理無理無理ですか！　そう言えばなんでも許されるなんて思わないでちょうだい！」

佐竹と呼ばれた女性役員が、金切り声をあげた。

「仕事があるから無理、育児があるから無理、体調が悪いから無理、そんなのみんな一緒！　逃げて押しつけた役を、いったい誰が引き受けてると思ってるの！」

「こちらの佐竹さんはね、去年も今年も、複数の役を兼任してくださってるんですよ。今回も頼んではみたが、これ以上は難しいらしくて」

「私はもう沢山なのよ。他にいないからって面倒を押しつけられるのも、面倒なおやじのご機嫌取りにつきあわされるのも！　まっぴら、ごめんなさい！」

小脇に抱えていたバッグから、使い込んだノートとクリアファイルをまとめて取り出し、ばさりとちゃぶ台にたたき付けた。

「資料はそれ！　やることは全部そこ見て」

「ほんとに無茶ですよ」

「大丈夫大丈夫。佐竹さんも、相談なら乗ると言ってますから。とりあえずいったん引き受けてくれませんかね。地域のためと思って。頼みますよ」

「さ、会長。行きましょう！」

言うべきことを言ってやったとばかりに、佐竹が畳から立ち上がった。町内会長も薄笑いを浮かべながら、彼女の後に続いた。そのまま玄関経由で我楽亭を出ていった。

七穂は唖然《あぜん》としてしまった。

もっと食い下がるべきだったのかもしれないが――。

「どうするの、隆司君……」

肝心の隆司が強く主張しなかったもので、対応が遅れた。今からでも、二人を追いかけた方がいいだろうか。

　隆司は佐竹が置いていったノートに手を伸ばし、ぱらぱらとめくり始めている。

「……じいさんの頃とか、どうやってこういうノルマこなしてたのかな。意外と会長とかやってたのかな」

「だからって今の君にできる？」

「どうだろう。やってみないとわからないよね」

　断らない回答が意外すぎて、逆に七穂が戸惑った。

「会社の産業医が出した診断書を見せるのは、俺としても避けたいんだよ。それ以外で穏便に断るのは、あの調子じゃ難しそうだなと……」

「なんで。一番手っ取り早いでしょう」

「前も言ったけど、休職ありきで中身が怪しい奴だから」

「あー……」

　変なところで潔癖な奴だと思った。ごり押しすれば行けるかもしれないのに。

「でも隆司く……うーん、そうか」

　佐竹の激しい剣幕を思い出すと、隆司の言い分も多少はわかるのだ。町内会長も事なかれ主義のようだし、仮に書類一枚あったところで代役を見つけてくるまでは、延々と押し問答が続きそうだ。

「うちが今まで楽させてもらってたっていうのは、確かにその通りだし。やれる範囲で引き受けて、こんなもんかって納得してもらうしかないよ」

「……わかった。隆司君に覚悟があるなら、私も手伝うよ」

「ありがとう。すごい助かるよ」

後ろ向きこの上なかったが、短期の役を引き受けて逃げを打つのは、最善とは言わずとも悪くない選択肢だろう。

「で、まず何をすればいいわけ？」

「ノートを見たかぎり、思ったよりも組織だってるみたいだから、名簿に載ってる各班の長に連絡して、手が足りないのがどこか把握することかな」

「私のスマホ使う？」

「……いや、うちの使うよ」

隆司が言う『うちの』は、玄関に置かれた黒電話であった。

わざわざ電話のところまで行って、旧式のダイヤルをくるくる回して電話をかけ始めた。電話台の高さが昭和仕様なので、Ｔシャツの背中を窮屈そうに丸めて、「初めまして結羽木です」と名乗っている。

なんか変なことが始まったよと思った。

——先行き不安なまま、数日がすぎた。

その日も七穂が我楽亭に顔を出すと、隆司がちゃぶ台にのせた黒電話で話し込んでいた。

もはやいちいち玄関まで行くのが面倒になったらしく、コード式の黒電話を本体ごと持ってきたようだ。畳の上に黒い電話線が長く伸びている。

町内会長から夏祭りの実行委員を引き受けたはいいものの、状況は思っていたよりも混迷を極めているようだ。

向こうが受話器を置いたのを見て、声をかける。

「お疲れ。どう？」

「……やっと全貌が見えてきた感じ。めでたくないけど」

彼の手元には、資料に入っていた当番役員名簿と組織表、そしてここまでのヒアリングで出てきた情報を書いたメモが散らばっていた。

まったく。『手が足りないところに入る』とは誰が言った。現状の責任者が誰かもわからないので、全体の洗い出しをするところから始めたそうだ。

「取りまとめをやっていた実行委員長——山田《やまだ》さんて言うらしいんだけど、この人がダウンする前から、ほんとグダグダだったみたいだ。会計広報と、運営企画と、会場設営と模擬店係の人に話聞いて、何ができてて何が滞ってるか調べてスケジュール仕切り直してるとこ」

「もう隆司君が山田さんになってない？」

「手が足りない場所って、つまりそういうことだったのかもね」

騙されたよ。大人って汚い。

「ともかく予算組みからやばそうなんだよな……これつっこまないと怖いよな……」

「なんかよくわからないけど、私がすることはある？」

独り言が始まる隆司に、七穂は聞いた。

「あ、ごめん。会場設営の人が、臨時駐車場をおさえてほしいって。忘れてたみたいだ」

「駐車場？」

「祭の会場が、新田町公園だろ？　あそこの駐車場だけじゃ足りないから、いつも隣の家具工場の空き地も使わせてもらってたらしいんだ。毎年のことだから、向こうもたぶんわかってるはずだってさ。念のため確認だけしてほしいって」

「ふうん……わかった。じゃあちょっと行って、お願いしてくればいいのね」

「ごめんよろしく。社長は長浜清吉《ながはませいきち》。工場は四十五番地」

言い終わると同時に、黒電話が鳴った。ワンコール待たずに隆司が出る。

いつもと同じTシャツとスウェットの着たきりスズメだが、一瞬だけ背広姿の幻が見えた気がした。恐らくそれは、アウルテックで働いている時の隆司だ。病む前はあんな風に、毎日忙しなく仕事をしていたのかもしれない。

同じ町内なら車を使うほどの距離でもないだろうが、こちらに土地勘はほとんどないので、移動はカーナビに頼ることにした。ついでに祭の会場である、新田町公園なるところも見てみようと思った。

そうして到着した会場予定地は市営の公園で、簡素な土のグラウンドと申し訳程度の遊具があった。駐車スペースは確かに少ない。空いてはいたので、自分の車は端に駐めさせてもらうことにした。

日が高い時間帯のせいか、グラウンドは無人だった。もうあと二週間もしないうちにあのグラウンドに櫓《やぐら》が立って、屋台と提灯《ちょうちん》も手配されるらしい。まったくピンとこなかったが、どうにかするために今動いているのだろう。

(それで？　臨時駐車場の話をしに行くんだっけ？)

当初の目的を忘れてはいけない。七穂は公園を出た。

家具工場は、道路を挟んだ向かいにあった。

作業場の扉は開け放たれ、大型の冷風機が稼働しながら職人たちが木材を加工している。家族経営を、もう一回りぐらい大きくしたような中小企業だ。倉庫の前に、フォークリフトと四トントラックが駐まっていた。

「すいませーん！　社長さんいらっしゃいますか？」

機械の音に負けないよう、声を張り上げる。すると手前の職人が、こちらを見て天井を指さした。どうやら建物の二階にいると言いたいらしい。七穂は頭を下げてその場を離れた。

外階段を見つけて、二階に上がる。

紙の書類が多そうな雑多なオフィスがガラス戸越しに見え、開けると事務員らしい中年女性と、パソコン越しに目があった。なんなのあなた、と言わんばかりだ。

「社長さんに用が……」

「私がなんだって!?」

奥の応接セットから、急に人が起き上がった。競馬新聞が、勢いよく床に落ちる。

年の頃は、六十前後ぐらいだろうか。小柄だが全体にがっしりした体形をしていて、皺が寄った半袖《はんそで》シャツにベルトがきつそうなスラックス姿でも、いざ柔道で組み合ったら投げるのが大変そうな感じだ。眼光はダルマのようにぎょろりと鋭く、声はダミ声に近い。

この人が隆司の言う、長浜清吉社長なのだろう。

「ああ悪いねお姉ちゃん。飲み屋のツケなら、今は無理ってママに言っといてくんないかな」

「いえ、そうじゃなくて……二丁目町内会の者なんですが」

勝手に水商売認定すんなと思いながら、七穂はやんわりと名乗り直した。

長浜は濃い眉を、大げさなぐらい撥《は》ね上げた。

「町内会？　なんで今頃」

「夏祭りの、臨時駐車場についてです。当日こちらの空き地を開放していただけるよう、町内会からお願いに上がりました……」

「聞いてないよ。なんだそれ」

七穂こそ耳を疑いたかった。

「何、盆踊りの日、まる一日？　その日に納品あったらどうすんのよ。他に車あったらトラック出せないよね」

「それは……」

思わず言いよどんだ。こちらに言われても困るのだ。例年していることを、軽く確認するだけというから来たのである。

「……その、すみません。色々手違いがあったようなので、また出直してきます」

「なあんてな！　そんなに真に受けんなやお姉ちゃん」

引っ込もうとした瞬間、長浜は『がはは』と言わんばかりに大笑いした。

「あんたあんまり見ない顔だし。ついからかっちまったわ。悪いね！」

「……いえ、ご存じのことなら良かったです……」

「当たり前田で百も承知の助よ。お姉ちゃんてばでっかいのに声カワイイのな」

絵に描いたようなクソオヤジムーブじゃありませんの。

「貸し出すのはね、別に構わないんだよ。地域の皆様のご理解あっての弊社ってなもんだからね。たださあ、うちも毎年こんだけ貢献してあげてんだから、もうちょっとそっちも誠意を見せてほしいんだよ」

「……誠意、と言いますと」

「やらしいね。言わせせんでくれよ。これでどう？」

長浜は赤ら顔をにやつかせ、腹のあたりで指を二本立てたり三本に増やしたりしている。

思わず同じ部屋にいる女性事務員の顔をうかがうが、そちらは能面のような無表情で、手書き領収書の数字をパソコンに打ち込んでいる。その場にいながら、我関せずで無の空気に徹していた。

ただの困ったおっさんだと呆れていたが、だんだんこれは洒落《しゃれ》にならない要求な気がしてきた。

「だめえ？　んじゃこれでどう。去年より下ってのはなしにしてくれよ」

「……すみません。ちょっとそのあたりは、持ち帰って検討してみないことにはなんとも。失礼します！」

七穂は絡まれる前に事務所を出ることにした。ドアを閉める途中、「期待してるよー」という長浜のダミ声が聞こえた。

外階段を駆け下りて、工場の敷地を出る。日中の閑散《かんさん》とした道路を走って横断し、公園の自分の車まで戻ってきた。

こもった車内の熱気を入れ換えるべく冷房をかけ、スマホを取り出す。

（……隆司君に聞くしかないよね）

こちらはただの使いっ走りだ。それ以外ない。

こういう事態になって初めて、七穂は我楽亭の固定電話の番号を登録した。隆司個人の番号やアドレスは、いまだにわからない。スマホを持っているのかも不明だ。

「……あ、もしもし。石狩です。そうです七穂です。今、長浜木工を出て、向かいの公園に来たとこ」

電話に出た隆司に、今さっきしたやりとりの一部始終を報告した。

「ねえ。町内会ってあそこの駐車場借りるのに、お金の支払いとかそういうやりとりしてる？」

『いや、ないよ。俺が見たかぎり、その手の予算はいっさいついてない』

「じゃあ誰か個人的に出してたってこと？　そういう言い方してたんだけど」

『もしくは、帳簿が帳簿として機能してなかったか』

ますます洒落にならないではないか。

七穂はため息をつき、額に張り付く前髪をかきあげた。

「去年の駐車場の手配って、誰がやってたの」

『佐竹さんだ』

「あー……」

『というか、ここ数年は佐竹さんしかやってないよ』

あの金切り声が怖かったおばさまか。

『七穂ちゃん、悪いけど佐竹さんとこに探り入れてくれる？　書面にない支払があったのかどうか』

「ちょっと楽しそうだよね、隆司君」

ここまでで感じたことを述べたら、隆司が黙り込む気配がした。

『……別に楽しいと思ったことはないけど』

「そう？　役員なんて無茶ぶりでしょって思ってたのに、意外と適応してるから驚いてるんだけど」

『適応なのかな。開発の仕事でマネージャーとかやってたから』

「炎上慣れしてるってことね」

話しながら七穂は笑った。

「佐竹さんの住所、わかる？」

『ああ、ちょっと待って……』

電話越しに、新しい番地を教えてもらう。ナビに入れれば、このまますぐに出られる。

「じゃあね。また後で」

七穂は通話を切った。

車内を冷やすため、車のエンジンはかかったままだが、まだ発進する気にはなれなかった。

なんとなく思う。あいつはそろそろ復帰するかもしれない。

翔斗と関わりはじめたあたりで、潮目が変わる兆候はあったのだろう。心浮き立つという意味での楽しさはなくとも、今の彼は植物が動物になり、末端まで血がめぐりはじめた感じだ。

思いがけず与えられたご町内プロジェクトの火消しが、引きこもりから会社に戻るにあたっての、いい肩慣らしになっているのかもしれない。

そうなると、必然的にいらなくなるものがあった。

(私だ)

休職当番。

——本当に嫌だ。何を考えだしているのだ、自分は。

でもどうしようもなく心許《こころもと》ない、この気持ちはなんなのだろう。

最後に受けた会社に断られた後、七穂はどこの会社にもエントリーしていない。ハロワの相談窓口すら足が遠のいている。だってわからないのだ。どこに履歴書を送ればいいのか、何ならできるのか、踏み出す足の方向が定まらないから動けない。

(ばかみたい)

こんな感情、誰にも言えない。まして現状から一抜けしようとしている隆司には。

七穂は頭を振り、とりあえず目的の家に行くため、シートベルトを脇から引き出しバックルを留めた。

＊＊＊

佐竹の家は、地区内ではまだ数件残っている、兼業畑作農家だった。

七穂は敷地に入ってすぐの空きスペースに、乗ってきた車を駐める。

夏野菜が植わったビニールハウスが裏手に見える、立派な二階建てのお宅だ。最近建て替えたばかりとおぼしき真新しさで、大型のバルコニーに干した布団と、洗ったタオルがはためいている。この規模は二世帯住宅だろうか。

玄関は一つしかないようなので、ガレージの犬に吠《ほ》えられながらインターホンを押した。

『――はい、どなた？』

「あっ、こんにちは！　二丁目町内会の者です」

しばらくすると、ドアが小さく開いた。

以前とは色違いのボーダーTシャツに、ぽっちゃりでも動きやすいアンクル丈《たけ》のストレッチパンツ。今日はヒヨコのワッペンがついたエプロンもしていた。セルフレームの眼鏡越しに、細い目で七穂の顔をむっつりと睨みつけてくる。

「けっきょく人にやらせてるのね、あの人」

「いえ、本人もわりとがんばっております。ただそれ以上に色々起こってまして……」

「やることは全部、資料に書いてあるでしょ。私はもう関わり合いになりたくないの」

佐竹がドアを閉めようとするので、とっさに半身をねじこんだ。

「ち、ちょっと待ってください！　お聞きしたいことが！」

「なんなのいったい」

「臨時駐車場の件です。いただいた資料にも、会計簿にも記載がないみたいで。どういう処理をされていたのか——あの、めちゃくちゃ臭くないですか？」

「はい？」

「なんか奥で焼いてません？　すごい焦げ臭い……」

当初の目的を、脇に置いてしまうレベルだった。

指摘すると、佐竹が顔色を変えた。

「魚焼いてたんだわ」

それだ。

佐竹が慌てて奥へ引き返していく。途中、廊下の床に放置してあった靴下の片方に足を取られた。

「だ、大丈夫ですか！」

「……ちょっと、立ちくらみ起こしただけ」

「ちょっとじゃないですよこれ」

「少し休めば治るから……」

床に膝をつく彼女が、立ち上がって再び転ばないよう、七穂も支えながら廊下を進んだ。

リビングは、玄関や廊下以上に物があふれ雑然としていた。ソファにあった畳んでいない洗濯物をどかすと、今にも前のめりに倒れそうな佐竹をそこに寝かせた。

（あと魚）

キッチンに飛んでいき、ガスのスイッチを切る。確認のため魚焼きグリルを引き出すと、鯵の干物が黒々と炭化していた。

続きの和室では、昼寝用布団の上で赤ん坊が泣いている。

彼女が産んだとなると、かなりの高齢出産だ。

「佐竹さんのお子さんですか？」

「……がうわよ。旦那《だんな》の妹が、出戻りで帰ってきてるの。昼間は私が面倒見てるから……たぶんオムツ」

「ああ、起きないでください。それぐらいならやりますから」

ソファの上でなんとか身を起こそうとしているのを見かねて、七穂は彼女を押しとどめた。

元気に暴れる赤ん坊のオムツを取り替えたところで、今度は洗面台の方角からピーピーと電子音が鳴り響く。あれはたぶん、七穂の家に以前あったものと同じ、全自動縦型洗濯機。乾燥ではなく、脱水を終えた音だ。

（……あのまま置いといたら、まずい……）

早急に干さないと臭くなる。

佐竹は眼鏡をしたまま寝入ってしまい、起きる気配がない。

さらにインターホンが鳴った。出るか迷っているうちに、リビングの掃き出し窓を叩く人が現れる。

「すいませーん、『ゆうゆうホーム』の者ですが。おばあちゃんのデイサービス終わりましたー」

施設のユニフォームらしい、ポロシャツとチノパン姿の男性だった。

「お宅の前に駐まってる車が、ちょっと邪魔なんですよ。玄関前までバンが寄せられなくて」

「わー、すいませんすいません。すぐどけます！」

七穂の車だ。大急ぎでフィットを移動させ、ついでにバンから降りてきた老女を家の中へと案内することになった。

「今日は佐竹さん、カラオケやったんですよ」

「いいですねー。おばあちゃんおばあちゃん、とりあえずお部屋行きましょうか。テレビ付けましょうね」

和室のテレビの前に座ってもらい、適当なトーク番組をお見せする。

またも玄関でドアが開く音がした。今度はいったいなんなんだ。

日焼けした男女の小学生が二名、プールバッグを振り回しながら駆け込んできた。

「ただいまー、お母さん！　アイス食べたい！」

「母ちゃん俺、三級合格した――あれ、母ちゃん寝てるの？」

「そう、お母さん疲れて寝てるの。お願いだから静かにしてあげて」

「……あんた誰？」

　はっきり言って、カオスであった。


　――けっきょく。ソファの佐竹が目を覚ましたのは、壁にかけた時計の長針が一回りしてからだった。

　七穂はリビングのラグに座って、たまった洗濯物を畳みながら「お目覚めですか？」と声をかけた。

「私、何して――」

「お休みされてたんですよ。一時間ぐらいですかね。ちゃんと休まないともたないですよ」

「そんな呑気なこと言ってる場合じゃないわよ。おばあちゃんのデイサービスが」

「とっくに帰ってきて、和室でテレビ見てます。お子さんは二人とも二階に」

七穂が平然と答えると、佐竹は肩を落として脱力した。

かけていた眼鏡をはずし、皺の寄ったままの眉間をおさえる。

「……情けないところを見せちゃったわね」

「いえ、佐竹さん超人か鉄人ですよ。赤ちゃんと双子のお子さんのお世話に、介護に畑の世話もあるって。本気で体一つじゃ足りないでしょう」

「それでも家にいるんだからやれるだろうって、周りは役員だの当番だの押しつけてくるわけよ」

「本当ですね。腹たってきました」

真顔でうなずいたら、佐竹は苦笑した。

「それ、うちの洗濯物でしょ？　色々やってくれたみたいね」

「すみません。ちょっと差し出がましいとは思ったんですけど……」

何しろ洗濯機で脱水を終えた服を干す必要があり、そのためにはすでに干してあるものを取り込まねばならなかったのだ。ついでに佐竹をソファに寝かすためにどかした物も、一緒に畳んでしまった。

「グリルの干物は、処分して良かったですよね」

「いいわよ。どうせ、食べそこねた自分のお昼だったから」

「あと、炊飯器の中身が……お水なしで炊かれていました……」

「……捨てて。それはもう食べられないから」

苦虫を噛み潰したように、彼女は言った。本当に忙しくて、どうしようもなかったのだろう。

「あの、佐竹さん。もし良かったらですけど……そのお米、捨てる前に私が救済とかしてもいいですか？」

「え？　だって炊き直してもぼそぼそになるわよ」

「やりようによると思うんですよ。お台所借りてもいいですか。佐竹さんはもう少し休んでてください」

七穂は畳み終えた洗濯物を脇に置き、立ち上がった。

炊飯器の失敗と一言に言っても、色々ある。炊く時に水を入れすぎたり、逆に少なくしすぎたり。中でも内釜に米を入れたはいいものの、水を入れずに炊飯するミスは強烈だ。蓋を開けて、これほどがっかりすることはない。一回外部の熱が入って、ただほかほかしているだけの米。ただ今、七穂が開けて見ている炊飯器の中身も同じである。

（一回洗ったお米なら、吸水してるからまだましなんだよね。お酒と水入れて炊き直せばワンチャンあるけど、問題はこういう無洗米だよ）

水分がほとんどない状態で加熱された米は、乾燥してひび割れている。これを普通に炊いたところで、ぼそぼそとして最悪な食感なのだ。

なので七穂としては、なんとか料理として活用したいと考えている。

まずは小鍋を二つ用意し、片方はごま油、もう片方はオリーブオイルでそれぞれの失敗米を炒める。

ごま油の鍋は、そこに鶏ガラスープを注ぎ、生姜、ニンニク一かけと一緒に煮込んでしまう。柔らかくなれば、中華がゆのできあがりだ。

(中華のお粥《かゆ》は、日本のお粥と違って、お米が砕けてほろほろになるまで煮込むんだよね……)

もともと砕けてひび割れた失敗米は、こういう時逆に有利だ。食感も気にならないし、時短にもなる。

引き続いてオリーブオイルの鍋だ。

炒めた米に、白ワイン少々を加えてアルコールを飛ばす。コンソメスープを二、三回に分けながら加え、冷蔵庫のウインナーと、冷凍室のミックスベジタブルと一緒に水分がなくなるまで煮込めば、敗者復活リゾットのできあがりだ。

こちらは元々米を油で炒める過程を含んでいる料理なので、普通に作ってなんら問題ない。ちょっと芯が残った感じの食感も、イタリアンにかかれば『アルデンテ』だ。

これこそ正当の味になる。

「佐竹さーん。お昼食べそこねたっておっしゃってましたよね。ちょっと味見してみてくれませんか」

七穂は中華がゆの方をお椀《わん》によそい、刻みネギをかけて佐竹のところに持っていった。

彼女は湯気をたてる器を、驚きながら受け取った。

「おかゆにしたの？」

「はい。中華風のです」

「ごま油のいい匂いね……」

佐竹は目をとじて香りを味わい、それからネギの浮いたおかゆを、ゆっくりとスプーンで口に運んだ。

「……生き返るわ」

つい口から出たといった呟きに、七穂も口元をゆるませる。気に入ってもらえたなら、何よりだ。

「すごくさらさらしてるけど、物足りなさもなくて。これならうちのおばあちゃんにも勧められそう」

「もう一個、洋風のリゾットも作ってあります。こっちは具だくさんにしてあるんで、チーズをいっぱいかけて食べたらお子さんの夕食にもなると思います」

七穂が言うと、佐竹はなぜか泣きそうな顔になった。実際、セルフレームの眼鏡に隠れた目が、少しうるんでいた気もする。

「……ゆっくり寝たいだけ寝て、起きたらご飯ができてて、洗濯物が取り込んで畳んであって。こんな夢みたいなことある？　お金払わないといけないかしら」

「いえ、そんな私」

「冗談じゃなくて。私ね、この時間が欲しくて欲しくてしょうがなかったのよ。ほんの一時でもいい。一回だけでもいい。誰か私を休ませてって。だから……どうもありがとうね」

ソファでおかゆの器を抱えたまま語る佐竹は、今までで一番穏やかな顔だった。

強制的に休んだことで、これまでの憑《つ》き物が落ちたのかもしれない。

一方で七穂は、どう返していいかわからなかった。だってそんなつもりで手を出したわけじゃない。思いがけない言葉に、馬鹿みたいに喜びそうになる自分がいて、それをもう一人の自分が必死に押しとどめる。お世辞を真に受けるな。

隣の和室で、また赤ん坊が目を覚ます声がした。今度は佐竹が手で制し、先に立ち上がった。

「臨時駐車場って、あの家具工場の社長さん？　やっぱり色々言ってきた？」

「そうなんです。佐竹さん、まさかポケットマネーで——」

「嫌ね！　いくら私だって、そこで自腹切るような持ち出しはしないわよ。家計に響くような真似はしない。町内会がお金出してくれるわけじゃないけど」

「じゃあ」

「あの人が言う『誠意』っていうのはね、ようするにこういうこと」

佐竹が七穂に耳打ちをした。

「……せ、せこ」

「ね？　ほんと面倒くさいのよ」

噴き出してしまったではないか。

後日、七穂はあらためて長浜木工の事務所を訪ねた。

「はい、社長！　お約束の品です」

長浜は例によって応接セットの長椅子に寝そべり、競馬新聞をアイマスク代わりにしていたが、七穂が差し出した上納品を見て目の色を変えた。

「――おお、これだよこれ！」

「ご要望通り、去年より色付けてありますから」

「話がわかるね。お、焼きそばとビール券も付いてる」

「本当は一世帯二枚までなんですよー」

長浜が求めていたのは、地域住民に配られる夜店の無料引換券だった。

券と言っても子供会の小学生が書いた手作りチケットを、コピー機で量産しただけの代物《しろもの》で、長浜はそれを本物の金券のように指をなめなめ数えている。

「大丈夫、無料ぶん以上に注文して、社員たちに配ってるから。福利厚生のイッカンてね」

「それじゃ意味ないと思うんですけど」

「いいじゃないの。こういうの込みの楽しみってやつよ」

長浜はにやりと笑った。

なんのことはない、引換券をめぐるやりとりを含めた高度のロールプレイ、オヤジのプロレスの一環だったわけだ。佐竹が面倒だと言った理由がよくわかる。

「そういうわけで、敷地の利用は問題ないですよね」

「ないない。好きに使ってちょうだい」

もう頭の中は、祭当日の祝杯でいっぱいのようだ。ひらひらと手を振る長浜に別れを告げ、ついでに無言を貫く女性事務員に敬意の一礼をしてから事務所を出た。

――さて。義務は果たした。

車を置いてきた公園に目をやれば、グラウンドにレンタルの櫓と提灯が設置されようとしていた。

来週はいよいよ祭本番だ。

隆司がレイアウト図片手に、中年の男性役員と話し込んでいる。あの引きこもってハエになりたいと言っていた男がだ。

（ほんとに私は必要なくなるかも）

急速に変わっていく世界を前に、考えなければならない。甘くてぬるい、お休みが終わった後のこと。

車に乗って我楽亭まで一緒に帰るかと、隆司に声をかけるべきか少し迷った。

＊＊＊

「――あら、七穂。何か探し物？」

こちらが踏み台を使って和室の天袋を漁っていたら、母の恵実子が目ざとく声をかけてきた。

「うん。ちょっとね」

「危ないわね、気をつけて」

七穂は見つけた物を持ったまま、踏み台から慎重に降りる。

探していたのは、不織布のケースに入った浴衣《ゆかた》一式だった。

「浴衣？」

「今度お祭りがあるからさ、久しぶりに着てみようかなと」

これを購入したのは、確か大学に入った年の夏だった気がする。あの頃は高校時代の部活仲間やバンドメンバーでつるんで、花火だなんだと着ていく機会がそれなりにあったのだ。卒業してからは、久しく着ていない。

柄は藍の地に朝顔とオーソドックスなもので、買った当初は渋すぎたと思っていたが、今見るとそうでもない。むしろ先を見越していたというべきか。

「――あ、ごめん。まだ内定取れてないのに、こんなことしてる場合じゃないよね」

「何言ってるのよ。いい若い娘がハレの一日ぐらい、ない方が悲しいわ」

意外なことに、恵実子はいたずらっぽく笑った。

「着付けはしてあげるわ。楽しんでらっしゃいよ」

「どうもありがとう……」

「もちろん、その後はわかってるわよね」

こうなると、罪悪感で少し気後れしてしまう。行き先は隣の市の、すこぶるローカルな夏祭りだ。

当日は、長浜木工の臨時駐車場にフィットを駐めた。

地区のお祭なので、徒歩や自転車での参加者の方が多いだろうが、やや出遅れたせいで空きは最後の一台だった。危なかったと内心胸をなでおろしつつ、運転するために履いていたスニーカーを脱ぎ、赤い鼻緒の下駄に履き替えた。車のミラーで、アップにした髪と襟元の合わせが崩れていないか確認する。今のところ、特に問題はないようだ。

すでに日は沈み、とっぷり夜になった公園内に提灯の明かりが鮮やかに浮かび上がっている。このひどくノスタルジーをかきたてる録音は、伊福部昭ではなく八木節《やぎぶし》だろう。

櫓の周りでは浴衣姿の踊り手たちが一列になって輪を作り、外周では町内会と子供会合同で用意した夜店が、それぞれ人だかりを作っていた。

(隆司君はどこだ……？)

恐らく夜店か警備のどこかで、手伝いをしているはずだった。七穂は厳密には部外者ということで、当日の仕事は割り振られていない。柄にもなく浴衣で来ようなどと考えたのは、そのせいもあった。

道路を渡って敷地の中に入ると、見覚えのある子供たちに会った。

青山翔斗やその友人たちが、ブランコの柵に腰掛けてフランクフルトをかじっている。

「おーい、翔斗君」

声をかけると、翔斗は肉が半分ついた串を持ったまま、最初ぽかんとしていた。

「あっ、七穂お姉ちゃんや！」

「こんばんは。君らも来てたんだね」

「すげー、誰やと思うたわ。キモノとかすげえな！」

「浴衣だけどね」

「一緒やん。帯やし下駄やし！　かっけー」

わらわらと群がられた。まるでゲームの装備を褒めるような口調に、これだから小学生男子はと苦笑した。

「どうせなら櫓の上行って、太鼓叩いてくればいいのに」

「アホかトモノリ。お姉ちゃんめっちゃキレイにしとるんに、そんなんしたら台無しやろ」

訂正する。君ら最高だ。

「隆司君、見なかった？」

「隆司お兄ちゃん？」

「あのひとならさっきジュース売り場で、ジュース配ってたの見たよ」

翔斗の友人、マサユキが言った。

「ん、わかった、ありがとう。みんな遅くなる前に帰るんだよー」

めいめい手を振る子供たちに別れを告げ、また公園の中を歩き出す。

途中、双子のお子さんたちを連れた佐竹も見かけた。彼女は七穂に気づき、言葉はなくとも目配せをしてくれた。こちらも黙って会釈を返す。どうかこの時間だけでも、日常から離れゆっくりしてほしいなと思う。

本部のテントでは、例の町内会長や長浜社長が、缶ビール片手に大笑いをしていた。すっかりできあがっているようだ。

夜店の屋台は鉄板で焼くものが中心で、焼きそばに焼きトウモロコシ、フランクフルトを当番の役員たちが調理する端から売っている。

飲み物は缶ジュースやペットボトル類で、一五〇リットルのスタンドクーラーボックスに氷水を入れて大量に冷やしていた。

そのジューススタンドに、マサユキが言うように隆司がいた。

いつものだらしない格好のまま、親子連れに林檎ジュースを渡しているので苦笑してしまった。

人がはけてから、七穂もスタンドに顔を出した。

「いらっしゃい。何が欲しいですか」

「……チケット持ってないんだけど、いくら払えばいい？」

隆司が目をしばたたかせた。

急に水を張ったクーラーボックスからペットボトル二本を引き抜き、バックヤードの人間になにがしかを告げて七穂のところにやってくる。

「ごめん、七穂ちゃんだと思わなくて」

「いいの仕事」

「今休憩にした。ちょっとぐらい、いいだろ別に」

いい加減だなと思う。隆司は歩きながら、七穂にサイダーのペットボトルを渡してきた。

櫓のBGMが、八木節から東京音頭に変わった。

「浴衣似合うね」

「ありがと。お世辞が出てくると、君も成長したなって思うよ」

混ぜかえしながらも、悪い気はしなかった。わざわざ慣れない着付けをして、下駄でブレーキを踏めないから車内でスニーカーに履きかえるような手間もかけて、隆司の顔がまったく思い浮かばなかったと言えば嘘になる。

君に肉じゃがを差し入れていた奴には、こういう面もあったのだと、なんとなく知ってほしかったのかもしれない。

「うまくいってそうでよかった」

「とんでもない。さっきだって、迷子の対応で大慌てだったんだ」

「そうじゃなくて、君自身のことだよ」

七穂は行儀悪く、その鼻先に指をさす。

「壁の穴塞ぐのも面倒くさがってたのに、今やそんな感じぜんぜんないじゃない。役員のおじさんおばさんとも普通に話すし、リハビリ終了間近って感じ？」

「それは……判断するのは会社の方だよ」

「いいや、私にはわかるね。復帰の日は絶対近い」

貰ったペットボトルのキャップをひねり、断言する。そこに嫉妬《しっと》や寂しさがにじまないよう、最大限気は遣った。

そう。この幼なじみには帰る場所がある。休職者と、七穂のような休職当番の違いはそこ。

「私はどうしようかな。実は落ち着き先も、まだ全然決まってないんだよね。さすがにやばすぎ――？」

「それ、本当？」

「うん。私さあ……けっきょくのところ誰かのためにご飯作ったり、掃除したりするのが好きなんだよね」

七穂はここしばらく、自分に何ができるのかと問い続けて、あらためて思ったことがある。

「たとえば料理だったらレストランとか、飲食のお店にでも勤めればいいって思ったけど、それで毎日同じメニューを作り続けたら、やっぱり息苦しいし飽きると思うんだよ。清掃の仕事もそう。目の前の状況をその人にとって最適なものにチューニングする作業が楽しいっていうか、リアルタイムで改善させてくのが一番脳汁が出るというか……」

小さな頃から両親は共働きで、足りないところを見つけて『お手伝い』をすれば褒められた。その延長線上に、この欲はあるのだろうか。

我楽亭で隆司の面倒を見て、佐竹の家でピンチヒッターに入って、自分の特性と欲求はつくづく仕事に向いていないと結論が出た時、七穂は実家の二階に一人という状況にいながら声をあげて笑い、そして落胆したものだ。

今もそう。七穂は苦笑し自嘲《じちょう》する。

「でもさ、隆司君。そういうのってもはや主婦じゃない？　家事したかったら婚活しろってことなのかもしれないけど、私が今したいのは結婚じゃなくて就職なんだよ。仕事したいの。一回ぐらいちゃんと、社会の歯車に自分ががっつり噛み合うっていうのを、経験してみたいんだけどね――」

でもできない。自分は無力だ。

このまま歯車に弾かれたまま終わってしまうのだろうか。そう思うといてもたってもいられなくなる。

「ごめん。私今ね、君がすごく羨ましい」

「……そうかな。案外需要はある気がするけど」

　穏やかな隆司の声に、ささくれ立った心情のまま睨み返してしまった。

「気休めは間に合ってる」

「そんなんじゃないよ。七穂ちゃんがやりたいことって、結婚じゃなくても必要とする人は沢山いると思う。たぶんハウスキーパーとか、家事代行サービスって名前がついてる奴だと思うけど」

　家事代行サービス――。

「それって、あれ？　家政婦は見た的な？」

「住み込みじゃなくて、契約した家を複数回るようなのもあるよね。台所借りて夕飯作ったり、掃除や洗濯だけしたり」

　その時七穂の脳裏に浮かんだのは、疲れきった佐竹が、おかゆを食べて言った言葉だった。

　寝て起きたらご飯ができている。洗濯物が取り込んで畳んである。こんな夢みたいな話はない。一度きりでいいからこんな時間が欲しかったと。

　七穂が代わりに、その時間を提供するとしたら――？

「……ちょっと、考えたこともなかったな」

そして今、考えてそわそわしている。浴衣という浮かれた格好で、急に落ち着かなくなった。

家事なんて一円にもならないと、そう言ったのはうちの母だったか。

「どうやったらなれるものなんだろ」

「さあ。俺も詳しくないけど、代行サービスの会社とかに登録するんじゃないかな。個人でサービスを立ち上げる人もいるだろうね。特に資格とかはいらなかったと思う」

「なるほど……」

どちらにしても、フリーの側面が強そうな仕事だ。しかし、自分の裁量で動きたい人間なのだから、むしろ好都合だろうか。

今すぐ帰って問題を深掘りしたい気持ちと、それでも目の前にいる人から離れがたい気持ちで、引き裂《さ》かれそうだった。

「実際七穂ちゃんの世話になってる俺が言うけど、本当に助かってるし救われてるから。俺が前よりましになれたって言うなら、七穂ちゃんのおかげだ」

なんだもう、やめてくれ。今の石狩七穂はな、メンタル不安定気味のぼろぼろで、防御力が紙なのだ。

やっと行き止まりの乗り越え方らしきものが見えはじめて、それを教えてくれたのが君で、ここで優しいことをとどめに言われたら、簡単に落ちるぞ。好きになってしまうよ。いいのか本当に。

「ありがとう。ちゃんと検討してみるよ」

「……だからほんと、したくもない婚活とかはしない方向で」

「何？」

「なんでもない」

隆司が顔を伏《ふ》せた。

いつもぼんやりして覇気がない目を、今回はちゃんと見ておきたいと思った。きっと答えがそこにあるような気がしたから。

「ちゃんとこっち向いてよ」

七穂にうながされて、隆司が意を決したように面《おもて》を上げた。でもまだ暗くてよく見えない。もっと近くで見極めようと、こちらから下駄の足を踏み出した瞬間――その顔が急に強ばり、目が驚きに見開かれた。

七穂は、自然と彼の視線の先を振り返った。

陽気な祭り囃子と提灯の明かりの下、若い女性が一人立っていた。

七穂と同年代だろうか。黒髪はやわらかい巻きが入ったセミロングで、ギャザーの入った花柄のワンピースとパンプスというフェミニンな格好をしていた。

綺麗だが、全体に華奢《きやしや》で儚《はかな》い雰囲気の女性だと思った。好感度の高いＯＬのような格好も含めて、公園の盆踊り会場からはこの上なく浮いている。

「佐緒里《さおり》さん……」

「……お宅に伺ったんですが、いらっしゃらなくて。ご近所の方に教えていただいて、今夜はこちらだと」

隆司だけを見つめて微笑む女性とは対照的に、近くにいる隆司が自分の喉を鳴らす音が聞こえた。

「本当に——思ったよりもお元気そうで何よりです。最低ですね結羽木さん」

四章　石狩七穂の都合、結羽木隆司の事情

友達だと思ったことはない。それでも目を閉じると、彼に関して脳裏に浮かんでくる光景がある。

たとえば日中でもろくに日が差さない、日当たりが悪い北向きの廊下。突き当たりが喫煙ブース。一服してからプロジェクトルームに一歩入れば、数十人の男女が肩を寄せ合うようにパソコンと向き合っていて、隆司にとっては入社以来見慣れた景色だった。ただ、その日に限って妙な違和感が消せなかった。

「……なんですか、これ」

島角のデスクに一つ、あるはずのない植物の鉢が置いてあった。

高さは二十センチほど。脚がついた陶器の鉢から、奇妙にねじれた木が一本生えている。

「シンパクですよ、結羽木さん」

対して答えたのは、長身痩軀《そうく》、ネクタイをだらしなく緩めた狐目の男。キャスター付きの事務椅子にあぐらをかいたまま、上目遣いにこちらを見上げて笑う。

案件の初期から常駐している彼は、協力会社のエンジニアだ。二十八と若手に数えられる年ながら、牢名主《ろうなぬし》のごとき達観した雰囲気があった。

「真の柏《かしわ》って書いて、真柏。フィギュアじゃなくて本物なんです。ミニ盆栽。小さいけどなかなか枝振りはいいでしょう」

「そういう話はしていないんですが。私物ですかこれ。持ち込みは禁止しているはずですよ」

「いやいや、そこはね、ほら。何事も蛇の道は蛇って言うじゃないですか」

水島柊一《みずしましゆういち》。それがぶら下げたIDカードに書かれた、彼の名前だった。

柊一は芝居がかった仕草で手を振った。

「僕もここに収容されて長いですからねえ。看守と取引して、禁制の煙草《たばこ》を手に入れるぐらいのことはでき――冗談ですって」

「まったく楽しくないです。契約解除になりますよ」

「わかりました。白状します。あなたのところのアシスタントさんにお願いして、オフィスの備品扱いで注文してもらいました。アスタロウで」

柊一はボールペン一本から届けてくれる、大手通販サイトの名前を挙げた。

隆司は化粧の厚い派遣社員のことを思い浮かべた。ランチのことばかりに執心して、本当に軽率なことをしてくれる。

しかし柊一自身が直接持ち込んだわけではなく、物もデータの持ち出しが可能な電子機器ではない。ただの樹木。こういうぎりぎりグレーを攻めるあたり、本当に老獪《ろうかい》な牢名主らしかった。隆司としても追及しづらい。

「だってもう、緑でも愛でないとやってられないですよこんなとこ。外見ても品川の運河と倉庫しかないし」

「だからってですね……」

「結羽木さん。これアウルテックさんの備品ですから、プロジェクトがはけたら結羽木さんが持ってっていいですよ」

「いりませんよ別に」

その後も水島柊一は、オフィスから持ち出せないミニ盆栽を、午前中は日が当たる窓際に移動させたり、水道の水をかけたりと、業務の合間に甲斐甲斐《かいがい》しく世話していた。時にはアシスタントに賄賂《わいろ》を渡し、アスタロウ経由で肥料や剪定バサミを手に入れていたようだ。

こちらも決して、手放しで歓迎していたわけではない。

「――なんで柏なんですか」

ミーティングの最中、ミーティングスペースの机に盆栽が当たり前のように置いてあれば、どうしたって気にはなる。

「はい？」

「柏って、柏餅《かしわもち》とかに巻いてある葉のことですよね。真の柏なんて言うわりには、この木に柏の要素が見当たらない気がするんですが」

隆司は柊一のように、仕事中にグリーンで癒《いや》される趣味はない。もともと動植物自体に興味がない。しかし、こういう些細な違いは引っかかるタイプだった。

「……ああ、確かにイブキの変種なんで、柏の木とは違いますね。あっちは広葉樹だし、真柏は針葉樹だ」

「なんでそんなことになったんですか。理にかなってないですよ」

「なんでって……考えたことなかったな」

柊一は困惑気味に頭をかいている。

「そう言われると気になる。スマホ……もないんだった。ちょっと結羽木さん調べておいてくださいよ」

「僕が？」

「かわりに今晩も残りますから。文句は言いません」

翌日になり、プロジェクトルームで夜を明かしただろう、柊一のもとに行った。

彼はミーティングスペースの椅子を並べて、そこで寝ていた。

「中国由来らしいですよ」

「……なに？」

起き抜けの柊一に、隆司は結果を報告した。

「柏《ハク》は、中国でヒノキ科の植物に使われる字なんです。イブキなど、針葉樹の総称です。松とともに松柏《しょうはく》と呼ばれ、落葉もない常緑樹であることから人の節操の固いことの象徴とされてきました」

一応、印刷したレポートも、盆栽の横に置いた。

「いつまでも残るようにと願って、墓の上には『松柏』を植える習わしもあったそうです。日本ではブナ科のカシワにも同じ字が使われていますが、これはカシワが冬でも落葉しない神聖な植物ということから、同じ縁起物の扱いを受けていたゆえに混同されていったと推測できます」

「……けったいな人だな、結羽木さんは。マジでそこまで調べてくれたんですか」

「真柏の柏というのはつまり、中国古来の字義であり、一番素晴らしいヒノキ科という意味の愛称ですね。これで謎が解けました」

頼まれた仕事をしただけのはずなのに、柊一は声をあげて笑い出した。

「いやでも、面白いなそれ。いただきだその設定」

その時だけは、所属の壁を越え、こちらへの敬語が消え失せていた。

「たとえばですよ、この真柏は中国の歴史ある霊廟《れいびょう》に生える、樹齢数百年の霊木なんです。じゃなかったら秘境の断崖《だんがい》絶壁に生える、奇跡の一本。はるか上空をこう、雲に乗った仙人が飛んでいく。どうです、だんだんそんな風に見えてきませんか」

手の平サイズのちっぽけな樹木に、そこまで妄想できるのかと呆れた。

「前は、富士山と駿河湾《するがわん》が見えるとか言ってませんでしたか?」

「なんでもいいんです、想像なんだから。『見立て』は盆栽の真骨頂ってやつですよ結羽木さん」

「知りませんよ」

「ともかくありがとうございます。大変だったでしょ」

「いえ。新しい工程表も、共有フォルダに上げておきましたので、そちらも見ておいてください」

「――ちょっ、ま、待ってくださいよ! また変更ですか?」

「これで最後になりますから」

慌てふためく柊一の言葉はあえて耳に入れず、隆司はミーティングスペースを離れた。

それはある日の断片だ。夢に出れば息ができなくなって、たまらず飛び起きる程度の変えようがない過去。

隆司は布団の上で荒い呼吸を繰り返し、肺に酸素を取り込もうとした。しかし実際の呼吸は充分にできているので、やりすぎると過呼吸になる。そうならないよう落ち着けと言い聞かせられるぐらいには、すでに慣れた現象だった。

脂汗を浮かべて嵐が過ぎ去るのを待っていると、脇から子猫のタワシがすり寄ってきた。

恐らく食事が欲しいのだろう。まだ体は言うことをきかないが、頭を撫でてやると細い尻尾を直角に立てて、喉の奥をぐるぐると鳴らした。

（七穂ちゃんに感謝しないとな）

最初は戸惑うしかなかったが、壁からタワシを救出して良かったと思う。無条件ですることが目の前にあると、意識を前向きに保ちやすいのは、盆栽の世話で経験済みだった。

しだいに少しずつ、こわばりも取れてくる。

日はすでに高く、縁側には夢の忘れ物とばかりに、真柏の鉢が一つ置いてあった。

しばらく見なかった夢を見た。原因には心当たりがあった。

庭では晩夏を告げるツクツクボウシが鳴き続け、池の上を赤とんぼが二連になって飛んでいく。

夏祭りが終われば、あとはもう秋の訪れを待つばかりだ。

――概念上の『なつやすみ』が、終わろうとしていた。

＊＊＊

七穂が辺見《へんみ》庸子《ようこ》と会ったのは、新宿靖国《やすくに》通りのコメダ珈琲店《コーヒーてん》だった。

「や、お待たせ」

「ヨーコ」

「暑いよー、外。この時間でも気温全然下がんない」

庸子はボックス席の奥に大ぶりのトートバッグを置き、同じ勢いで腰をおろす。

ミルクティー色のショートカットに、ゴールドのフープイヤリングが映えてよく似合っている。着ている友禅《ゆうぜん》柄のアロハシャツや穴あきデニムも一風変わって個性的だが、昔から彼女は保守的なものや、フェミニンな格好を嫌う傾向があった。『中庸』を願ってつけたご両親に反して、その存在は常にとんがっていた。

「ごめんね、わざわざ来てもらって」

「かまわないよ。連絡くれて懐かしかったし」

彼女は七穂の、大学時代の友人だ。同じバンドサークルで、七穂はドラムで庸子はベース担当だった。

肝心のバンドは、在学中の三年ちょっと稼働して、それぞれの就活や恋愛のごたごたなどで解散した。メンバーで一番奔放だった庸子が、きちんとダブルスクールにも通って正社員《プロパー》として続いているのが皮肉ではある。

ふだんは広告デザインなどの仕事をしつつ、個人でもホームページの作成などを引き受けているらしい。それを知ってコンタクトを取ったのだ。

終業後なら大丈夫ということで、こうして彼女の会社近くで会うことになった。

「LINEでざっくり概要聞かせてもらったけど、ようは家事代行サービスのサイトを立ち上げたいってことだよね」

「うん、そう。料金表と予約の窓口だけでも欲しいんだ。できそう？」

「簡単に構成案作ってみたけど、こういう感じ？」

庸子は自分のトートバッグからタブレットを取り出し、スタイラスペンで操作しながら一つの画面を呼び出した。

無駄話なしで、すぐ商談。率直さが逆にプロらしくて、七穂は少々気後れもした。

しかし、実際に見せてもらったものは、単純な図形と色調で構成されていながらも、七穂が欲しいと思った要素がすっきりとわかりやすく一画面におさまっている。

「す、すごい！　このまま使えるよこれ。こんな感じ」

「だからこれはワイヤーフレームで、ここからもっとキャッチーなものに調整するの」

「格好いい」

「安くはないよ」

真顔で釘《くぎ》を刺され、七穂は口をつぐんだ。

制作にかかるギャラは、ＬＩＮＥで相談した時に提示され済みだった。確かに無料のブログやＳＮＳだけでしのぐよりは、格段に費用がかかる。

「……でもいい。ヨーコにお願いしたいの」

「よし、了解。立ち上げにプロを使うのは正解だよ。サービスでチラシのデザインも一緒にしてあげる。必要でしょ」

「ようこー、あいじでるー」

「でもさ、聞くだに意味わかんないんだけど。家事したいから代行サービス始めるって何」

半分呆れた調子で笑われた。

確かに彼女にしてみれば、したくもない雑事を仕事にしたがっている奴という時点で、理解不能かもしれない。できればそういう庸子にこそ、利用してもらいたいサービスなのだが。

「しかもこういうのって、始めたからってすぐに食べていけるわけじゃないよね。大丈夫？」

「……そこはまあ、安定するまでは、派遣でもバイトでもなんでもして食いつなぐつもりだけど」

「そんなに家のことやりたいなら、男捕まえて結婚すりゃいいじゃない。目指せ専業主婦って。誰か適当な相手いないの？」

運ばれてきたブレンドを口に運びながら、ざっくばらんに聞かれた。

「んー……」

七穂は自分のアイスカフェオレを手に、言葉を濁《にご》す。

一瞬脳裏に浮かんだ顔はあった。たぶん好きな相手だと思う。

しかしそれが正しく適当かと言えば——なんとも言えない。今のところ。

夏祭りの夜、石狩七穂は初めて自分の夢に具体的なものを設定し、結羽木隆司のことを意識した。

そこに現れたのが、七穂の知らない女性だ。

彼女は隆司だけを見ていた。

「佐緒里さん……」

「……お宅に伺ったんですが、いらっしゃらなくて。ご近所の方に教えていただいて、今夜はこちらだと」

隆司もまた、その女性のことを知っているようだった。突然現れたその人に対して何かを言おうとして、けれど青ざめた唇から言葉はなかなか出てこなかった。

「本当に——思ったよりもお元気そうで何よりです。最低ですね結羽木さん」

「俺のことを批難して気が済むんでしたら、いくらでも受けます」

「そうやってまた被害者ぶって」

綺麗な顔から放たれた、ストレートで痛烈な敵意——悪意と言ってもいい——に、七穂は衝撃を受けた。基本穏やかな隆司を、ここまで露骨に憎悪する人がいるとは思わなかったのだ。

「被害者だなんて思ったことはありません。お兄さんの件は、本当に残念に思っています」

「だったら証《あかし》を見せてください。そのために私は、見たくもないあなたの顔を見に来たんです」

佐緒里と呼ばれたその女性は、つやのある唇を噛みしめた後、意を決したように言った。

「――訴訟を起こそうと思います」

隆司の眉が動いた。

「相手は？」

「ETコーポレーション」

「無理だ。証拠がない」

「あなたの証言があれば別でしょう」

佐緒里は真剣に言い返した。

「……上が許可するとは思えない」

ぱしっと。

次の瞬間、佐緒里の右手が隆司の頬を打っていた。

「こうするのは二度目ですね。さようなら、偽善者」

「ちょっと！」

平手をふるうだけふるって、きびすを返して立ち去ろうとするので、七穂はとっさに声をかけた。しかし隆司が、こちらの手首をつかんで制止した。

「七穂ちゃん。いいから」

「でも」

「本当にいいんだ」

おさえた声ながら、噛んで含めるような懇願だった。だから七穂は、何もできずに彼女を見送ることしかできなかった。

「いったいいなんなの？」

「……ちょっとね。無駄に大きい会社で、チームのマネジメント役なんてやってると
さ、トラブルも多いし恨みを買うことも結構あるんだよ。あの子は……協力会社の社
員の妹さんだ」

それで一方的に罵《ののし》られ、平手をくらって当然というのか？　理解できない。

「大丈夫だから。七穂ちゃんはやりたいこと考えなよ」

隆司は七穂のもどかしさも承知した上でだろう、ただ優しい顔で苦笑した。

叩かれた時に佐緒里の爪でも当たったのか、その頰には小さく傷ができていた。


(ばたばたしたまま別れちゃったからな)

そして八月最終日の今、七穂は晴れた県道のバイパスを車で走っている。

K市の我楽亭を訪れるのは、あの夜以来である。隆司はすぐに役員に呼ばれて夜店

へ戻っていったので、あれ以上の深い話は何もできていない。

あそこで覚えた感情を踏まえた上で、自分が奴に対してどう振る舞うのか、やはり現物を前にしてみないと未知数な部分があった。

（……そういうのをごまかすために、肉を増やしたのが我ながらなんとも）

助手席に置いた、作り置き用の材料が入ったビニール袋を見て自嘲する。

我楽亭に到着すると、荷物を持って車を降り、裏の縁側へ回った。

この時間の隆司なら寝ているかと思っていたが、すでに彼は起きていた。七穂がいつもやっていた、庭の草取りをしていた。

「ああ、七穂ちゃん。来たんだ」

向こうが七穂に気づき、日よけのバンダナ代わりに巻いていたタオルを取って立ち上がる。

なんとなく胸がつまるような感じがしたのは、柄にもない乙女心のせいだろうか。

もともとの甘く整った顔だちや、すらりとした背格好は、だらしのない服装とのギャップも含めて何も変わらないのに、恋愛のフィルターがかかるととたんにキラキラしやがる。

（いや待て、何も変わらないわけじゃない。変わってる！）

七穂は指をさし叫んだ。

「髪ーっ！」

いつも伸び放題でくくっていた、襟足の尻尾がなくなっていた。

「嘘、切ったんだ。どこで切ったの。いつ切ったの。うわ髭もない。つるつる」

「ちょっと七穂ちゃん、やめて勘弁して」

思わず駆け寄って、トリミングから帰ってきた犬を触るような感覚であちこち触ってしまった。

七穂の手を逃れた隆司が、ため息まじりに短髪になった後ろ頭をおさえる。

「髪は昨日、近所の床屋行って切ってもらった。髭は朝普通に自分でやったよ」

「うんでも、いいよすっきりした。その方がいい」

これは本音だった。

隆司の場合、自分の身なりに手をかけないのは、そのまま自分へのネグレクトや気力のなさに直結していたと思うのだ。そこから抜けようという気になったのは、めでたいことだと思う。決して茶化していいものではない。

「男前だ。かっこいいよ」

「……それはどうも」

そしてこれだけ近くにいても、変に意識することなくしっかり褒めることができた自分に、逆に自信が持てた。

「ご飯作ってくるね」

七穂は明るく言って、縁側から家の中に上がる。

台所で、さっそく今日の食材を広げた。

（本日は、でっかい豚バラから色々アレンジしていきます）

見よ、この巨大な豚バラ肉の固まりを。ちょっとしたレンガブロックぐらいあるものを仕入れてしまった。脂身と赤身のバランスもほどよく、いい色をしている。

牛すじ肉も煮た圧力鍋にこの豚バラを入れ、生姜とネギの青い部分を放り込み、水と酒を注ぐ。蓋をして強火で沸騰させたら、弱火にして加圧十五分。

そこから圧が下がって蓋を開けたら、豚バラの下茹でが完了だ。肉は皿に取って、スープは布で濾《こ》して別に取っておく。

茹でた豚バラを半分に分け、そのうちの一つを今の鍋に戻した。あらためて酒と砂糖と醬油とみりん、水を足して照りが出るまで煮詰めれば、豚の角煮ができあがりだ。野菜が足りないので、茹でチンゲン菜でも後で添えようと思う。

引き続いて二品目。残った茹で豚バラ肉を今度はダイスカットし、玉ネギ、人参も同じ大きさにカットする。

（みじん切りしたニンニクを、オリーブオイルで炒める……香りが出たら玉ネギも）

そのまま人参を入れ、豚バラを入れてどんどん炒めていく。

最後に豆のミックス缶と、ホールトマト缶を景気よく空け、味付けのコンソメと香り付けのローリエを入れてしばらく煮込む。これを塩コショウで味を調えてやれば、旨みたっぷりのポークビーンズになる。

本来なら生の豚挽肉や豚コマで作る料理だが、もともと脂っ気が多い豚バラだと、下茹でをしたぐらいでちょうど良くなるのだ。たぶん、そのまま使うとかなりくどい。

（トマトと豚と豆で、バランスいい食べ物だよね。パンに載っけても、ご飯やパスタにかけてもおいしいし。給食メニューっぽさを出したかったら、大豆の水煮を使うとよし）

ここまでで二品目。すでに豚バラ本体は全て使ってしまった。

残っているのは——豚を茹でて残ったゆで汁だけ。そう、これを三品目のキーに使うのだ。

炊飯器の内釜にといだ米を入れ、ゆで汁を規定量入れる。ここに塩昆布と裂いた舞茸を足して炊き込みご飯を作る。茸と昆布のみのシンプルな具だが、薬味とともに煮込んだ豚のスープが入れば物足りなさはまったくないはずだ。仕上げに臭み消しに使ったネギの白い方を刻んで混ぜれば、食材の無駄もない。八方よし。

炊飯器のスイッチを押し、角煮とポークビーンズをタッパーに移し替える。

「……七穂ちゃん、めちゃくちゃお腹減ってきたんだけど、食べるものある？」

炊飯器から漏れる、豚のゆで汁の濃厚な香りに誘い出されたのだろうか。庭で草取りをしていたはずの隆司が、台所に顔を出した。

「あるよ。明日以降に食べるものなら」

「え」

そんな情けない顔をするな。せっかくの正統派イケメンが台無しだぞ。

「――嘘だよ。素麺茹でるから、一緒に食べよう」


「今日は何を作ったの？」

「まず豚の角煮でしょ、二品目がポークビーンズ。で、三品目が舞茸と昆布の炊き込みご飯。粗熱とれたら冷蔵庫入れとくから、あっためて食べて」

「聞いてるだけで腹が減る……」

「想像しながらすするシンプル素麺、おつなもんでしょう」

七穂はちゃぶ台に、ガラスの大鉢を置きながら笑った。

鉢の中では、氷水と揖保乃糸《いぼのいと》が涼しげに泳いでいる。

「……珍しい。七穂ちゃんなのになんか『普通』だ」

「失敬な。私だってたまにはオーソドックスなメニューも作るわよ」

ちょっとむっとしながら答える。

今日は豚を茹でるのに使った生姜とネギが余ったので、特にアレンジもせず、めんつゆに薬味少々の冷やし素麵だ。麵の喉ごしの良さがより際立つだろう。

「仕事で始めるとなったら、バリエーションは一個でも増やしたいしさ」

「仕事？」

「――ああそうだ。これちょっと見てくれる？」

七穂は素麵に手をつける前に、自分のスマホ画面を隆司に差し出した。

隆司が目を見開く。

「オーダーメイドの家事代行サービス、名付けて『KAJINANA』――なんてね。ちょっと隆司君が言ったやつ、本気で始めてみようと思うんだ」

ものは先日庸子に作ってもらった、Webサイトの構成案だ。

受け取ったスマホの、細かなテキスト部分まで拡大して見ていた隆司が、最後は顔をほころばせて笑った。

「かなわないな。本当に行動力あるよね」

「善は急げってやつ？」

褒められたことに気を良くすると同時に、薄々そうなんだろうなと思っていたことは、ここで確信に変わった。

（これは……好きだなんて言えないな）

今こんな状況で、へたに隆司への気持ちなど打ち明けてみろ。仕事への本気度の方が疑われる。庸子が言っていた通り、本命は主婦で永久就職したいんですと思われかねない。

口先だけの遊びだと思われたくなかったら、今は目の前のことに集中して、余計なことは言わない方がいい。

「いいと思うよ。応援する」

「……それでね、隆司君。やるとなったらちゃんとやりたいし、立ち上げはけっこうバタバタするだろうし、軌道にのるまでは他の仕事も沢山しないといけないと思うんだよ。派遣の登録もしたし。だからその……」

いつになく歯切れが悪くなるのは、心苦しいからだ。

「ごめん。しばらくは今までみたいに、ここに来るのは難しくなると思う」

好きだと思った相手を、さらに自分から遠ざける。隆司の面倒を見る休職当番を自任しておきながら、自分勝手な上にバカな奴だ、私は。

けれど片手間に新しいことができるほど七穂は器用な人間ではないし、簡単なことを始めようとしているわけでもないと思うのだ。

「いや待って。やめてよ七穂ちゃん。そこで謝らないでくれよ」

決まった」

「今まで甘えてきたのは、どう見たって俺の方だろ。七穂ちゃんはやりたいことをやるべきだ。俺のことは大丈夫だよ。タワシはこのまま飼おうと思うし、会社の復帰も決まった」

七穂は隆司の言った言葉を、すぐには咀嚼《そしゃく》できなかった。

驚きは後からやってきた。隆司は真剣な顔で首肯した。

(決まったの)

彼が今になって、髪を切った理由がやっとわかった。

「祭の準備と並行して、人事部の人としばらくやりとりしてたんだけど、週明けから出社できそうなんだ」

「……よかった。がんばって」

「七穂ちゃんもね」

なんだか感極まって、泣きたい気分だった。こらえるように鼻をおさえてから、隆司とちゃぶ台越しに握手をした。大きな、楽器の演奏に向いていそうな手をあらためて握りしめた。

それからお互い、大鉢の素麺に手をつける。

これを食べたら、七穂は洗い物をして、家の中をきちんと丁寧に掃除しようと思った。そうしてけじめをつけて、この家と長いお休みに幕を引くのだ。

「最後にピアノ弾いてくれる？」

「いいよ。ドラムもやる？」

「ううん、聴きたいだけ」

夕方、帰る前に隆司がサンルームでピアノの演奏をしてくれた。

以前のようなポップスでも、超絶技巧の現代音楽でもない。隆司がその時弾いたのはクラシックの小品で、さらりとしているけど丁寧な音だった。

開け放した窓から、涼しい風が吹いてくる。

「楽しい？」

「色々思い出しながら弾いてる」

微妙な回答だ。

それでももう少しだけ、この優しく貴重な時間が続けばいいなと思った。

＊＊＊

数日して、友人の庸子から本格的なサイトとチラシのデザインが上がってきた。

七穂は家のパソコンで確認するなり、興奮して電話をかけてしまった。

「すごい、いい感じだよヨーコ。ほっこりしてるけど安心感ある」

『そういう注文だったし』

「それをちゃんとやってくれるのがすごいんだよ！」

少なくとも外見だけなら、素人感はまるでない。

『初回はサービス価格。料理のみ、掃除のみも可のオーダーメイド家事。おもてなし料理や作り置き料理なども応相談、ね』

「うん。まずは実績作りからかなと」

『チラシは見積もり取って、安い印刷屋でまとめてやりな。それで狙ったエリアに集中してポスティングする』

「そうするつもり。ありがとう」

『ファミリー世帯はマストとして、意外と独り身で暇がなさそうな単身向けマンションも狙い目かも』

「ヨーコみたいな？」

『……私はともかく、サービス内容見たら合致するかもと思ったの』

「ピンチの時は、いつでもご利用待ってます」

笑って通話を終えた。

あらためて始まるのだと、武者震いに似た感慨がこみあげてくる。

広告周りが固まってきたとしても、やるべきことは他にもある。開業届けに会計ソフトの選定、その他諸々。ネットで調べてタスク表を作ってみたが、七穂はそこに『印刷所の見積もりを取る』と書き加えた。

「よし」

「ねえ七穂ー」

いきなり背後のドアが開いた。母の恵実子だ。ノックぐらいしてくれよと思う。

「このブラウスなんだけど、染み抜きできそう？」

「えー、何こぼしたの」

「ドミグラスソース。ランチ会でやっちゃって」

渡された服の袖には、油性の染みがくっきり残ってしまっていた。

「うわ。これはきっついね……」

「ダメ？　気に入っているんだけど」

「うーん。まずは洗剤でがんばってみて、あとはセスキの炭酸ソーダと酵素系の漂白剤に熱湯かけて放置ってとこかな……」

「七穂で無理なら諦めがつくわ」

全幅の信頼を喜んでいいのか、やや複雑だ。

「あ、これ、ビーズの飾りが一個取れかかってるね。こっちも補修しとく？」

「噓。よく気づくわねほんと」

「だって見てたら目に入るよね？」

母は面白くなさそうに唇を曲げた。

「……まあいいわ。あとね七穂。明日おじさんのところからクール便が届くらしいから、そっちの受け取りお願いできる？」

追加の依頼がきた。向こうは七穂がいまだに求職中だと思っているから、頼み事も気安くお気楽だ。

「ごめんお母さん。明日は出勤日なんだ」

「えっ、あなた仕事決まったの!?」

素《す》っ頓狂《とんきょう》な声が上がった。

「嫌だ、そういうことは早く言いなさいよ。ちゃんと正社員なのよね」

「ううん、コールセンターの派遣。前にもやってた奴」

シフト制で、休みや時間の融通もきかせやすかったのだ。仕事内容はマニュアル完備でアレンジする余地もないが、本業を軌道に乗せるまでの安定収入と思えばがまんはできる。

ただ、聞いた恵実子の反応は別で、あからさまにショックを受けたようだった。

まあ無理もあるまい。

「……ちょっと、一階《した》に行って話さない？　お父さんも一緒に」

そう言って固まる母を連れて部屋を出て、一階リビングにいたパジャマ姿の父親も交えて、これまでの打ち明け話をした。

「――そういうわけで、正規目指して就活してましたけど、やめました。これからは家事の代行サービスやろうと思います」

すでにサイトも準備済みなこと、料金表や収支計画も一緒に説明した。

恵実子が開口一番叫んだ。

「何を夢みたいなこと言ってるの！」

染み抜き前のブラウスを握りしめる手が、怒りにぶるぶると震えていた。予想以上の怒りようだ。

「次はちゃんと正社員になるからって言うから、信じて待っていたのよ。どうしてそれで一人で家事代行なんて話になるの。諦めて自棄《やけ》になってるの!?」

「そうじゃないよ。これが一番私がやりたいことだって気づいたの」

「掃除や洗濯が？」

「掃除や洗濯が。料理もするけど」

もともと正社員での就職を目指していた以上、約束が違うと言われるのはわかる。向こうだって気を揉んでいたはずだ。それに対しては申し訳ないと思う。

けれど、一番最初に言われるのが『たかが家事』というニュアンス一辺倒なのは、さすがに悲しかった。

「なんでだろうね……お母さんがそういう言い方しかしないから、私、自分の特技が仕事に繋がるって気づかなかったんだよ」

母は気のいいところもあるが、気に入らないことへの反発も強く激しい。つまり勝ち気な常識人だ。優等生で薬学の大学を出て、結婚しても子供を産んでも、薬剤師の資格を活かしてずっと働いてきた。

一方で自分を正当化したかったら、必要以上に仕事以外のことを矮小化《わいしょうか》して語るしかない部分もあっただろう。しょうがない、そんなことより大事なことを自分はしているのだと。

なのに七穂がやろうとしていることは、これまでの自分への攻撃や裏切りに見えるのかもしれない。今目前にあるこの人の強い怒りは、そういうことでしか説明できなかった。

「周りの人になんて言えばいいのよ……」

「別に何も。自慢もマウントも取れないかもしれないけど、できれば黙って見守ってて」

「わかったような口をきくのはやめなさい！　こらえ性がなくて逃げているだけで

しょうに」

「違うよ。逃げるのをやめただけ」

「屁理屈は――」

「もういい。二人とも、そのあたりにしておきなさい」

ここまで一言も喋らなかった父の義之が、やんわりと場を制した。

「母さんも、少し落ち着いて」

恵実子は夫を一瞥《いちべつ》し、くしゃくしゃのブラウスを持ったまま顔をそむけた。その目尻に涙が浮かんでいても、七穂もまた何も言えなかった。

「……色々考えているのはわかったよ。ここまで進める前に、一言相談してほしかったとは思ったけどね」

「ごめんなさい……」

しかし事後承諾に近い形になってしまったのは、恵実子のヒステリックな反応でおわかりだろう。

「昔から七穂は、家のお手伝いを沢山してくれたものな。意外といいお嫁さんになるタイプだって、親戚の間でも話題になってたぐらいだ」

「ありがとう。でも私、説明したけど主婦になりたいわけじゃないの」

「なんでも仕事にしようと思えば、簡単には行かないってわかってるね？」

「もちろん。甘く見る気なんてない。でも試しもしないで諦めるのは、もっと嫌なの。挑戦してみたいの。お願い」

七穂の話を聞いた義之が、深いため息をついた。

「——どうだい母さん。七穂もこう言ってるんだ。お金のことだけはちゃんとして、少し見守ってやったらどうだ」

つまり父親としては、表だって反対しないということだろうか。

それだけでも充分ありがたかったが、気になるのは今も目を赤くしている母の方だった。

「………あたしのせい？」

恵実子がぽつりと呟いた。

「あたしが家にいなくて、家の事もうまくやれないから。色々おろそかだったから、この子は……」

「そうじゃないよ。それだけは違うから。お母さん」

環境が自分の一部を作ったのかもしれないが、悪いことでも不幸なことでもないと思っている。

「お母さんのこと、尊敬してるよ。本当だよ。結婚して、子育てして、それでも資格活かしてずっと働くのって、めちゃくちゃ大変だったと思う。私はそういう人の、サポートとかお手伝いがしたいんだ」

けっきょく恵実子は最後まで、応援するとは言ってくれなかった。

でも、今は仕方ないのかもしれない。七穂は自分自身に言い聞かせる。母もまた何十年も自分の価値観で生きてきて、それは充分常識の範囲で、そういう人を安心させるのも、納得させるのも、実際に動き出していない今は無理なのだ。

（がんばるから、私）

結果を見て判断してもらうしかない以上、本当に甘えや失敗は許されないのだと、あらためて思った。

コールセンターの仕事の合間に、完成したサイトをアップして、同時に印刷所で刷ったオンデマントのチラシをポスティングして回った。

個人で受託できる範囲には限度があったので、ある程度地域は絞らざるをえなかった。子育て世代がいそうな新興住宅地、駅前の単身マンション、他にもスーパーマーケットなどに頼んでチラシを置かせてもらった。ただし恵実子の神経を逆なでしたくなかったので、家の近所だけは意識的に外した。

（次は四丁目……）

車で回ると小回りがきかなかったので、ポスティングはほぼ徒歩か自転車だ。始めて一ヶ月で、七穂は心労も相まって体重が四キロ落ちた。そうまでしても、成約に繋がるような問い合わせはあまり多くなかったわけだが。

しかし、焦れる日々もついに終わりが来たか。

チラシ配りでママチャリのサドルにまたがったまま、飛び込んできたスマホの通知を凝視してしまった。

（三時間コースで夕飯のおかず三日分と水回りの掃除……イエス、イエス、イエス！やりますとも！）

Webサイト経由で、ストレートな家事代行の依頼だ。

もうなんでもやってやるという気分だった。

初のクライアントは、地元S市在住の増田《ますだ》様。さっそく先方の家にある調理器具と食材を確認し、翌日には仕事道具を持って、マンションを訪ねた。

「初めまして、オーダーメイド家事代行サービス『KAJINANA』です！」

一階エントランスのスピーカーに向かって喋ると、『ああ、入ってください』と男性らしい低い声とともに、オートロックの扉が開いた。

（料理の注文が一人前だったし、たぶん一人暮らしなんだろうな）

まさか一番初めに来た依頼がファミリー層ではなく、庸子の言うような忙しい独身世帯だと思わなかった。彼女の言うことを聞いて、やや高級そうな単身向けマンションにもチラシを入れておいて良かったと思った。

エレベーターで指定の階に上がり、あらためて表札のないドアのインターホンを押した。

中から顔を出したのは、三十代半ばぐらいの男だった。

「……どうも、よろしく。入って」

髪は流行のパーマをかけて、デザイン度が高い眼鏡にブランド物らしい柄シャツとアンクル丈のパンツと、全体に小洒落た雰囲気である。

間取りはいわゆる１ＬＤＫのようだが、廊下を歩く時点で手強さのオーラは感じられた。

「リモートで仕事してるとさ、どうしても家の中が汚れるんだよね。仕事はあるから片付けてる暇もないし」

床に落ちた書類や、空になった弁当箱の蓋を乗り越えながら、増田は淡々と言う。

「いえ、わかりますよ。お忙しいですよね」

「なんか、ごめんね。君みたいな女の子にこんな汚部屋見せて。もっとおばちゃんが来ると思ってたんだけど」

——女の子に、おばちゃんと来たか。

コンプラ違反の台詞満載であったが、ここでひるんでいる暇はない。記念すべき初仕事。七穂は力強く微笑みを作った。

「とんでもないです。お任せください」

「そう。じゃあ部屋で仕事してるから、終わったら呼んで」

汚部屋の住人と言うなら、出会った時の隆司を越えてから言ってくれ。あれは本当にすごかったから。

隣室に消える増田を見送り、七穂はさっそく作業に取りかかることにした。

そして三時間後——予定通り部屋の扉をノックした。

「増田様、終わりました！」

しばらくすると、増田がまたけだるそうな顔つきで部屋から出てくる。

「ご確認お願いできますか」

「あー、どれどれ……」

小洒落たパーマ頭をかきながら、七穂が掃除をすませたキッチンやユニットバス、ダイニングテーブルに並べた作り置き料理などを順番にチェックしていく。

「……これ、ほんとに君が三時間でやったの？」

「はい」

「すごいな。前に来てくれたおばちゃん、同じ時間でもこんな色々してくれなかったよ」

料理を詰めたタッパーの蓋を開け、種類の多さに感心しているようだ。

初日なので絶対に間違いがないメニューにしようと、以前隆司に作った豚バラ肉のバリエーションを中心に献立を組み立てた。ヒアリングでこの家に、引き出物で貰った電気圧力鍋があるとわかっていたのも良かった。おかげで短時間かつ少ない食材でも、品数を増やすことができたわけである。

成人男性の胃袋に向いたメニューなのも、隆司の反応で確認済みだ。

「余裕がありましたので、コンロの掃除はサービスで行いました」

「言うね」

増田はタッパーに入っていた、豚の角煮を一つ口に放り込んだ。

「……ん、うまいじゃん。次も頼むね」

「え？」

「聞こえなかった？　これから定期的にお願いするよ。ほんとすぐ汚くなるからさ」

――どうやら気に入ってもらえたようだ。

理解した瞬間、喜びが即顔に出そうになり、精一杯気持ちをおさえながら「ありがとうございます」と礼を言った。

その場で次の予約も入れてもらい、三角巾やエプロンなどの荷物をまとめて、増田の部屋を後にした。

エレベーターの下降する籠《かご》の中で、七穂はここまでためにためた喜びを爆発させる。

「よっしゃ！」

初仕事。初リピーター。そこがエレベーターでなければ、ガッツポーズだけでなくジャンプもしていたかもしれない。

（ありがとう増田様。コンプラ違反でも嬉しいです）

次は何を作ろうか。どういう手順で回せば、あの部屋はより快適になるか。考えるだけでわくわくしてくる。

エントランスを出たところで、懐のスマホが震えた。

七穂が知らない番号だった。

（誰だ？）

勢いで電話に出た。

「――もしもし」

『石狩さんのお電話？　新田町の佐竹です』

佐竹。あの佐竹さんか！　ボーダーTシャツと眼鏡の超人主婦。

慌てて道の端に寄る。

「ど、どうも！　ご無沙汰しております」

『本当にね』

「あの、失礼ですけどこちらの番号はどちらで……」

『嫌ね、葉書くれたのはそっちでしょう。忘れたの？』

彼女らしいぶっきらぼうさで言われて、以前出したダイレクトメールのことかと得心した。

佐竹の家でヘルプに入ったことが、家事代行サービスを始めようと思うきっかけの一つだった。直接配りに行く余裕はなかったが、チラシの内容を葉書に印刷し、簡単なメッセージと連絡先を書き加えて送ったのである。

『本当にお金取ることにしたのね。いいと思うわよ。あなたってばお人好しな感じだから、締めるところは締めて譲っちゃだめよ』

「……お人好しは佐竹さんじゃないですか」

すごく忙しい人なのに。わざわざ一山いくらのダイレクトメールに、電話までかけてくれて。

『それで用件なんだけど。エリアの対象にK市が入ってなかったけど、うちの知り合いに紹介しても大丈夫か聞きたかったのよ』

「いえ、ありがたいです。すごく助かります……」

『そう。せいぜいがんばりなさいよ。それじゃあね』

一方的に言われるがままになってしまったのは、すでにこの時点で泣きが入ってまともに喋れなかったからだ。

通話が切れた後も、体の芯が温かかった。

まだまだ夢の入り口にいて、たぶんこの先もしんどいことは沢山あるだろう。でもくじけそうになったら、今日という日を思い出そうと思った。きっと踏みとどまって力をくれる、お守りのような一日を、自分は今、手に入れることができたのだ。

＊＊＊

がむしゃらに働くうちに、秋が過ぎ、冬が近づいてきた。

お得意様の一人は、現在年子の育児休業中だ。ベビーサークルで上の子供を遊ばせつつ、ソファで産まれたばかりの乳児にミルクをやっている。

「多岐《たき》様。夕食の作り置きとお風呂の掃除、終わりました」

「ああそう？　お疲れ様。助かるわ」

「掃除箇所の確認は……」

「見ての通り動けないのよ。あなたなら問題ないから行っていいわ」

「はい、いつもありがとうございます」

「ほんと子供の面倒見るだけで力尽きるから、旦那と私用の食事ができてるって思うだけで天国」

契約の家ごとに違う家事の工程を工夫するのもやりがいがあり、多岐様の場合は授乳中でもご主人と同じものをおいしく食べてもらえるよう、メニューなども研究したのだ。

「今日のぶんには、デザート付いてますよ」

「たーちゃん、あっちゃん、石狩さんにバイバイして」

「あうあー」

「また来るよー」

日に日に大きくなる、可愛らしい二人のお子さんもいる。次の予約の確認をして、玄関から部屋を出た。

（――よし、今日の依頼は全部終了）

タスククリアは美しい。

多岐家は、佐竹の紹介からお得意様になってもらっていた。よって住所はK市にあり、市の中心駅、K駅前の新築マンションだ。駅近ゆえパーキングに空きがあるか怪しかったので、今日はこのまま電車で帰るつもりである。

一階エントランスを出ると、表はすっかり夜になっていた。

街灯に明かりが灯り、ライトアップされたロータリーの向こうに見える高架《こうか》の駅舎は、都心から仕事を終えて帰宅してくる住民を続々と吐き出している。

吹き付けるビル風をまともに受けて、七穂は冷たさに身をすくめた。

（さぶ）

作業ユニフォームとして着ているポロシャツとチノパンに、ショート丈のブルゾンを羽織っているが、そろそろちゃんとしたコートやダウンの導入を考えないといけないだろうか。

（もうすぐ十二月だもんねー……）

本当に、時がたつのは早い。

走り出してからの体感は、文字通りあっという間であった。

リピーターも少しずつ増えてはいるが、一回きりの利用者も多いので、安定収入にはまだまだ遠い。派遣の仕事は、当面辞められそうにない。

そういったことをつらつらと考えながら、駅から出てくる人の流れに逆らい歩いていると、サラリーマン風の男と肩がぶつかった。

「あ、すいません」

「――いえ、こっちこそぼうっとして」

とっさに謝罪をし合ったところで、お互い目を見張った。

嘘だろう。

「七穂ちゃん!?」

「隆司君!?」

横断歩道の真ん中で、素っ頓狂な声をあげてしまったではないか。


「……あー、びっくりした」

とりあえず高架下の居酒屋に入り、七穂の手元には生ビールがある。

隆司は日本酒にしたようだ。

「なに、電車通勤してるの？　我楽亭から？」

「そうだよ。バスで駅まで来て、本社まで通ってる」

「大変だ……」

目の前にいるのは、カラーのワイシャツに細身のネクタイを締めた、こざっぱりとした清潔感ただよう若手サラリーマンだ。こういう汗をかかなそうな輩《やから》に似合うのは埼玉の近郊駅ではなく渋谷か代官山、店はクラフトビールが飲めるパブかワインバーであって、今さらながらチョイスを完全に間違えた気がした。数ヶ月前まで鬱と言われて盆栽をいじっていたようには、とても思えない。

(わかってたけど王子様顔だよね、こいつ)

元気そうなのは、何よりだが――。

「七穂ちゃんこそ、なんでK駅に？」

「私はお客様が、この駅の近くだったから」

「じゃあちゃんとやってるんだ、代行サービスの仕事」

「あったりまえじゃん」

何を言っているのだと思った。

七穂はここにいたるまでのバタバタを、多少の自虐ネタも合わせて面白おかしく語ってあげた。

「――もちろんこっちの仕上がりに喜んでくれて、お得意様になってくださる神クライアントもいるんだけどさ。興味本位や悪戯《いたずら》目的で呼びつけるバカタレもいてね」

「大丈夫なのそれ」

隆司が目の色を変えて、真剣な顔つきになった。

「そりゃあもう、通報いたしましたよやばいのは。だいぶカンが働くようになったから、怪しいのは最初から受けないようにしてるけど」

「気をつけてね。やっぱり色々あるんだな……」

「うん。でもそれひっくるめてすごい楽しい」

七穂は笑った。これだけは胸をはって言えた。

アルコールが適度に回ってきたからか、目の前にいるのがイケメンエリートなことも、こちらがダサイ仕事着なことも、あまり気にならなくなっていた。

「毎日やることが全部違って、アレンジもリメイクも全部自分次第で、お客様のためになるようにって考えて、今のところ退屈とか飽きるとか全然ないんだ」

「そっか、良かった。七穂ちゃんに向いてたんだね」

「ほんと、こういう道があるって教えてくれた隆司君には、真面目《まじめ》に感謝してるよ。ありがと」

「俺は別に、単に思いついて言っただけだから」

向こうも冷酒のせいか、照れる目元のあたりに赤さが目立つ。

「そっちはどう？　アウルテックでうまくやれてる？」

「うん、たぶんね。しばらくは慣らし運転って感じで小さい仕事しかしてなかったけど、最近また色々任されそうだよ」

「お、よかったね。いやよくないのかな。無理はしないでね」

「それでさ、七穂ちゃん。よかったらまた我楽亭に来てくれないかな」

真摯《しんし》な熱っぽい目が、七穂を真っ直ぐ見つめている。

「ただし今度はいとこのよしみじゃなくて、ちゃんとした依頼で。『KAJINAN

A』の仕事としてお願いしたいんだけど、いい？」

――どうか断ってくれるなという、強い願いのようなものさえ感じた。

七穂は破顔した。

「OK。引き受けた」

「よかった」

隆司もまた、ほっとしたように相好を崩した。

「忙しくてまた汚部屋に逆戻りじゃ、困るもんね。なんか食べたいものとか、リクエストある？」

「そうだな……強いて言うなら肉じゃがかな？」

「珍しいね。好きだったたっけ」

「だってたぶん、これの何倍もおいしいよね」

七穂たちの卓に置かれた、小鉢の肉じゃがだ。七穂がだし巻きと一緒に、条件反射で頼んだものである。

あらためて取り分けたものを食べてみるが、このリクエストを叶えるのは恐ろしく簡単だと思った。

「……どうしたらこんな味になるの」

「七穂ちゃんにわからないなら、俺にわかるはずがない」

くだらない話で盛り上がり。そこから代行に行く日も相談し、十二月の頭に訪問することとした。

スマホにスケジュールを打ち込んでいると、隆司が呟くのが聞こえた。

「神様とかさ、案外いるのかもしれないね。こういう時に会えるんだからさ」

「何それ。大げさだね隆司君は」

「そうだね。酔っ払ってるんだきっと」

会計を割り勘ですませ、駅ではなくバスロータリーに向かう隆司と、店の前で別れた。

ここまでの楽しい記憶を振り返りながら、自分が彼に愛されたかったことを、今さらのように思い出してしまった。

(言えるかな)

最後に見た淡い微笑を思い浮かべるだけで、北風の中にいても体温が上がる。この気持ちは、もうごまかしようがない。伝えられるだろうか、今なら。まがりなりにもやりたいことを、本気でやっていると示せる今なら。

もし想いを打ち明けるなら、約束の仕事をすませた後。我楽亭で話をするのが、たぶん一番いい――。

＊＊＊

そして予定通り十二月最初の日曜日、七穂は我楽亭を訪問した。

車を降りて見回す景色は、雑木林や畑も含めてすっかり冬の訪れを感じさせるものだった。色づいた落ち葉が地面を埋め、畑は収穫物がある部分はビニールトンネルに覆われ、晴れた空の高いところに刷毛ではいたような雲がうっすらと出ている。

深呼吸をしたら、澄んだ冷たい空気がおいしかった。

（さて、どんな汚屋敷になってることやら）

まず室内は母屋を中心に磨き上げるとして、料理の方も手は抜けないだろう。隆司のリクエスト通り、基本の肉じゃがの材料を中心に、いくつか主食を作ろうと思っていた。

以前と同じようで、同じではない。ここの家の仕事は手強いとわかっていながら、今は楽しみの方が勝った。

終わった後で、いろいろ言いたいこともあるわけで。

（……今は考えるな）

公私混同、ダメ絶対。七穂は両頬をはたく。

ともすれば出てくる不純な動機を頭から追い出し、裏手の庭に向かった。

庭は以前よりも落ち葉が増え、気の早い椿がいくつか咲きだしている。木陰ではなく日向を中心に猫たちがくつろいでいて、それが夏休みだった頃との大きな違いかもしれない。

「久しぶり、ギザさん。先輩もいるね。相変わらずデブいね」

まだ忘れられていなかったのか、野良猫たちは七穂を見ても逃げなかった。

彼らを置いて母屋に上がろうとしたら、雨戸が全て閉まっていた。

七穂は内心首をひねる。

いつもはここから、中に入っていたのだ。寒いからとはいえ、雨戸まで閉める意味がわからない。しかもその戸に手をかけたら、ガラス戸を含めてあっけないほど簡単に開いた。

「隆司君……？　寝てるの……？」

室内は電気も消え、しんと静まり返っている。ますます不思議だ。

残りの戸を全て開け、沓脱石から縁側に上がった。

室内は七穂が想像していたような、カビ臭い汚部屋にはなっていなかった。まず畳に万年床がない。ゴミも落ちていない。

台所も水滴一つシンクに落ちておらず、ゴミ箱に弁当箱の空き容器もない。

（どういうこと？）

嬉しいよりも、混乱した。ここまで片付いているなら、七穂をわざわざ呼ぶ意味もないだろう。

髪の毛一本、猫砂一粒落ちていない床は、綺麗を通り越して生活感がまったく感じられなかった。

「——そうだタワシ」

猫砂の一言で思い出した。ここまでタワシの姿を、一度も見ていない。

七穂は焦りながらタワシの名を呼んで回り、トイレも餌入れも見つからないとなった時、初めてちゃぶ台の上に置かれた封筒の存在に気がついた。

まるでここまで、魔法で意図的に目隠しをされていたかのようだった。

飾り気のない、白の洋封筒を手に取る。何度も目の前を行き来していたはずなのに、どうして今さら目に入ったのだろう。

表に『石狩七穂様』と、丁寧な書体の文字が書いてあった。

七穂は、恐る恐る封筒を裏返し、中の便せんを取り出した。

——七穂ちゃんへ

たぶん驚いているか、怒っている姿が目に浮かびます。まずごめんなさい。そういう書き出しで始めなければいけないことを、心からお詫《わ》びします。

これから書こうとしているのは、一人の人間にまつわる言い訳と懺悔《ざんげ》です。

本題に入る前に一つ、俺自身の話をさせてください。

こうして普段書かない手紙を真面目に書いていると、思い出すのは君と初めて会った日のことです。覚えていますか、俺は君を脅《おど》かして木から落とし、その上謝りもしない、臆病な卑怯者でした。

興味はあるくせに素直になれない、距離の詰め方もわからない。その後のエピソードのどこを切り出しても恥じ入る他ない、典型的な初恋の拗《こじ》らせ方でした。

いつだったか、俺の遊び方は思いやりがなさすぎたと君は指摘していましたが、『何事も全力で』という大人の教えを信じ、勝つ姿を見せれば好きになってもらえると単純に思っていた、救いようのない愚か者がここにいます。

祖父に言われてピアノを弾くのは、俺にとって気難しい君に唯一怒られず、見られていても間が持つ貴重な時間でもありました。まったくもって芸術の神にも、祖父のグランドピアノにも申し訳がたたないです。

俺は結羽木家の長男で、周囲から受ける期待も厚遇も、当然のように受け止めてきました。実際は両親と血の繋がりはほぼなく、跡を継がせるために遠縁から引き取られてきたと後に知ったわけですが。

誤解をしてほしくないのですが、養父《ちち》も養母《はは》も愛情深い人です（こんな状況でも俺を見放さず、恵実子伯母《おば》さん経由で君をよこしてくれたところからも、自明の理だと思います）。

ただ、血の繫がりという絶対のセーフティーネットがないことを知った俺は、単純に焦ったのです。今のままではだめだ、もっと結果を出せる人間にならないといけないと。拗らせて出口が見えなかった初恋、あるいは特技のピアノ、趣味のカードゲーム。口実をつけてそれらを断ち切ったのも、たぶんその一環です。

色々なものを内燃機関の炉《ろ》にくべて、俺自身は結果を出すための機関車になりました。走って走って、気がつけば十四年がたっていました。

その時の俺のポジションは、日本最大のコンピューターメーカー『アウルテック』の社員です。

いずれユーキ電器に移る日が来るにしても、悪くない位置にいたと思います。駆け出しですが本社事業部のシステムエンジニアとして一つの案件を任され、協力会社の人たちとともに業務を進める、いわゆるプロジェクトマネージャーとして開発現場にいました。

水島柊一は、当時現場にいた協力会社の社員です。プロジェクトのために借りたビルのワンフロアに常駐して、昼夜問わずの過酷な作業をこなしていたエンジニアの一人です。

いいえ、単にこなしていた、と人ごとのように言うのはフェアじゃないですね。その作業を実際に割り振って頼んでいたのは、マネージャーである俺なんですから。

前に俺が休職した原因が何か、君は尋ねました。人を殺したからと、俺は冗談めかして答えたと思います。でも限りなく事実です。

水島柊一を死に追いやったのは、俺です。種は俺がまきました。

俺に任されていたプロジェクトは、引き継がれた時点で赤字が確定していた炎上案件でした。当初の予算はとっくに使い切り、アウルテックの利益を切り崩す形で現場は動いていました。俺にできることは、工期のスピードアップと人件費の圧縮ぐらいです。内心無理だと思っていた工程を、協力会社の彼には何度も頼み続けていました。これで終わり、埋め合わせは別でするという空々しい嘘が、結果として人の心をすり潰すことを俺は本当の意味でよくわかっていませんでした。

心を無にして仕事をしていたある日、水島が現場にやってきませんでした。前日まで徹夜で監視作業をして、明け方家に帰ってまた出社してくる予定でした。

使えないやつ。恐ろしいことに、俺が最初に思った感想です。

携帯は繋がらず、出向元の会社に電話しても行き先はわからず、夕方になって彼が自宅近くの病院にかつぎこまれていたことを知りました。朝、出社しようとして駅の階段を踏み外したそうです。そのまま目を覚ますことなく、外傷性の脳出血で亡くなりました。

客観的に見れば水島柊一は、過度のストレスと長時間労働による過労の可能性を否定できなかったと思います。けれど、それを後から証明する手段がなかった。

書類上は契約内の残業しか依頼していないことになっていて、水島は実態を記録しようにもパソコンどころか私用のスマホすら持ち込めない、持ち出せないセキュリティの中で仕事をしていました。

水島の妹さん——佐緒里さんが、俺に証言を求めたのはそのためです。当時の環境を俯瞰《ふかん》して把握していたのは、元請けのマネージャーである俺だけだろうと。

ただ、それをすればアウルテックも無傷ではいられません。本社は憔悴《しょうすい》しきっていた俺に、これ幸いと鬱の診断書を出して休職させました。いわゆるほとぼりが冷めるまで、おとなしくしていろというやつです。

その後の経過は、君が知っている通りかもしれません。

一人になりたくて我楽亭にやってきて、水島の盆栽を枯らさないよう世話して、それ以上のことをする気力など俺の中にはもう残っていませんでした。走って走って、たどりついた先がこれです。息を吐くとドブの臭いがすると思いました。生きているのに内側が腐っているような感覚です。

でもそんな時です。七穂ちゃん、君が変わった肉じゃがと一緒に我楽亭の庭に現れたのは。

はるか昔に封じた初恋は、俺の中の淀んだドブ川を押し流す力がありました。

君に頼まれてピアノを弾いて、縁側で友達と一緒にカードゲームをして、食べたものに味を感じる日がまた来るとは思ってもいませんでした。

君は昔の明るさを持ったまま、他人に与えることもいとわない、優しくて強い女性に成長したと俺は思います。

悩み続けた君が、一つの答えを持って走り出したことをまぶしく思うと同時に、俺自身もまた逃げていたものに向き合う時期が来たのだと感じました。

俺が水島に対してしたこと、彼がどういう環境でどう追い詰められていったかを、自分の言葉で話したいんです。一方で休職明けで人事部付きだった俺に、海外赴任の辞令が下りました。栄転だと言われましたが、片道切符なのは俺でもわかります。

どこまでできるかはわかりませんが、あがくだけあがいてみようと思います。

この家にはしばらく戻れないと思うので、『KAJINANA』として七穂ちゃんに管理をお願いできないでしょうか。タワシは翔斗のお宅に預けたので、心配しないでください。

最後に、長々と読んでくれてありがとう。

君に焦がれてきた人間として、この願いが受け入れられることを祈っています。

結羽木隆司

「……君に焦がれてきた人間として、この願いが受け入れられることを祈っています。結羽木、隆司……」

七穂は数枚の便せんで綴られた長文を、電気もつけず立ったまま読み切った。読み切ってしまった。

封筒にはこの便せんの他に、恐らく我楽亭のものだろう鍵が一本入っていた。最後に隆司に会った時の、別れ際にした会話を思い出した。きっとあの時には辞令も出ていて、こうする腹づもりも決まっていたのだろう。

何が神様はいる、だ。有り体に言うなら石狩七穂の情緒はただ今ぼろぼろである。便せんを持つ手が震え、呼吸が不審者のように乱れている。

ずっと伏せられてきた事情を開示され、知らなかったことに驚き、悲しいところでは泣きが入り、めちゃくちゃになった果てにこの締めだ。いや締めていない。ぶん投げだ。

（だって。私は、私だって今日君に）

でもここに隆司はいない。行ってしまった。行ってほしい救われるのなら。幸せになって。置いていかないで。大好き。

愛してる。

「馬鹿野郎――っ！」

七穂は叫んだ。畳の上で怒り、わめき、地団駄を踏んで隆司のことを罵るしかなかったのだ。

＊＊＊

柊一の通夜で親族に平手打ちをくらい、上司から休職の話が出た後、隆司は一度だけ品川のプロジェクトルームに行ったことがある。

顔を出した時、すでにフロアはもぬけの殻に近かった。大量の赤字を垂れ流し続けていた炎上案件だったが、隆司の尽力と外部の目もあり、事故からほどなくしてプロジェクトは終了、チームは解散していた。

大勢のパートナー企業から派遣された作業員が、肩を寄せ合って仕事をしていた机や椅子も、今は一箇所にまとめられ、複合機などとともにレンタル業者へ返されるのを待つばかりの状態だ。

もはやあの狐目の男がどこにいて、どの椅子を使っていたのかさえわからない。

四角い窓から見えるのは、一年中代わり映えのない灰色の倉庫と、運河の護岸だ。

がらんとしたフロアの中を、隆司は幽霊のように歩き続けた。

「――結羽木さん？」

あるはずない声に振り返ると、首からIDカードをさげた女性スタッフが立っていた。

アイメイクと頰紅がきつい化粧の顔には、覚えがあった。チームの事務を担当していた派遣社員だ。

あの頃でも雑誌のオフィスカジュアルをそのまま切り取ったような格好は浮いていたが、この状況では異質を通り越して異様だった。一瞬息をのんでしまったのは、彼女には失礼だが仕方がなかったと思う。

「君、まだこっちにいたんだ……」

「ええ、はい。私も今日いっぱいなんですけど。細々したものを片付けて、戸締まりするところまでは私の仕事みたいです」

その後のことはわからない、か。隆司もわざわざ言及はしなかった。

「なんか噓みたいですよね。こんなところで、毎日何十人も人が働いていたなんて」

「……確かにそうだね」

「今も人の声が聞こえてきそう……」

隆司が返事をせず黙っていたら、ふと彼女がこちらを向いた。

「ねえ、結羽木さん。ちょっとだけ来てもらっていいですか」

「え？」

「片付けていたら、正規《プロパー》の人じゃないと判断がつかないものが出てきて」

すでに隆司は、派遣の彼女と直接やりとりする立場になかった。聞きたいことがあるなら本社の担当に聞いてくれと言いたかったが、彼女がパーティションの向こうから持ってきたものの前には何も言えなかった。

枯れかけの盆栽だ。

「……どうします、結羽木さん。これ……」

アシスタントだった彼女は、真柏の鉢を持ったまま泣いていた。

柊一に頼まれて、通販で注文処理をしたのは彼女自身だ。柊一の私物ではないという大義名分からこのプロジェクトルームから持ち出せず、遺族に渡すこともできなかった。そういういわくつきの品を抱えて、一人途方にくれるしかなかったのだろう。

――結羽木さん。これアウルテックさんの備品ですから、プロジェクトがはけたら結羽木さんが持ってっていいですよ。

――いりませんよ別に。


急にあの時の会話が蘇った。

「僕にください」

隆司は気づいたら言っていた。

「大丈夫です。こちらで適切に対応しますから」

彼女から盆栽を受け取り、元プロジェクトルームだった部屋を出た。

そのまま汐留《しおどめ》の本社ビルには戻らず、向かった先は埼玉にある祖父の別宅だ。

隆司は祖父が亡くなった際、屋敷の権利を譲り受けていた。当時はわざわざ隆司を指名した意味がわからなかったし、複雑な税金対策の一環ぐらいにしか思っていなかった。ただ、この死にかけの盆栽を生かす場所と言ったら、趣味人だった祖父のいたあの場所しか思いつかなかった。

電車とバスを乗り継ぎ、祖父が晩年に暮らした我楽亭に到着した。

庭の水道でバケツに水をはり、持ってきた真柏の盆栽を頭まで浸け込んだ。

「頼む……枯れるなよ……」

スーツ姿で縁側に座り込んで、放心していると数匹の猫が茂みから出てきた。数年人が住んでいなかったのをいいことに、一帯をねぐらに使っていたようだ。

異物の隆司が珍しいようだが、もういい。どうでもいい。こちらには、もはや腕一本動かす気力も残っていなかった。

——そして今、駅前行きのバスに乗る隆司の膝には、あの時と同じ盆栽がある。

水切れを起こして瀕死《ひんし》だった株は、あそこでなんとか踏みとどまって再び新芽を出すようになった。そこから鉢の植え替え、剪定、芽摘み、とにかく枯らしてはいけないと手を動かすことで、我楽亭に一人でいた初期を乗り切ったと言っていい。

（……七穂ちゃん。俺も君みたいに進んでみるよ。できることがあるなら）

もう一度生き返るために。

終点に来てバスのタラップを降りると、水島佐緒里が隆司のことを待っていた。

葬儀で兄を返してと詰め寄った彼女も、これからは目的を同じくして行動する同志になる。

「——それ、もしかして本物ですか？」

「はい。真柏です。これだけは持っていきたくて」

「ちょっと映画の『レオン』みたいですよ、結羽木さん」

コート姿で盆栽を抱える隆司を見て、佐緒里が言った。実は隆司は、『レオン』を観たことがない。

「すみません、失礼かもしれないですね。殺し屋の主人公にたとえるなんて」

「……いえ、『見立て』は盆栽の真骨頂ですから」

隆司は柊一の言葉を、そのまま使った。

「それじゃあ、行きますか」

佐緒里もまた、短くうなずいてから歩き出す。

「行きましょう。闘いに」

五章　待っててなんてやらない

七穂のお得意様の一人である増田様は、いつも『なんとなく』で物事を決める気がする。

「……そうだな。今日は床の掃除機がけと……洗濯たまってるから頼める？　あといつもの夕飯作り」

こちらは作業ユニフォームのポロシャツとチノパンにエプロン姿で、背筋をのばし神妙な顔のまま、お洒落パーマ男子の出す注文を聞く。

さっそく脳内でオーダーを繰り返す。

（……床掃除、洗濯、料理と）

合点だ。

「承知しました」

「終わったら呼んで」

そっけなく言って、1LDKの寝室に引き上げていく流れも毎回一緒だ。

とりあえず調理に時間がかかりそうな煮込み料理などを先行させつつ、洗濯機を回し、床に掃除機をかけていく。

寝室側にも掃除機をかけるべく、ノックをして中に入った。

ベッド脇のデスクで、増田は在宅勤務中だ。都内の大手出版社に勤める雑誌編集者だと、以前に聞いたことがある。

邪魔はしないよう息をひそめ、しかし増田の家にあるイギリス製コードレス掃除機はけっこう音がうるさい。あまり意味のない気遣いだよなと思いつつ、机周り以外の場所に掃除機をかけていく。

「石狩さんてさあ」

ああ、なんだって?

掃除機のスイッチをオフにする。

「なんでしょう」

「いや、そんなかしこまらなくていいんだけど。ただの雑談だから。続けて、続けて」

そう言われても、オンにするとうるさくて仕方ないのだが。しかし逆らう意味もないので、また掃除機をかけはじめる。

「なんだかんだ言って、始めて長いよね。うち来るようになって、どれぐらいたったっけ」

派手な騒音にかき消されそうになりながらも、かろうじて増田の声は聞き取れた。

「どれぐらい……ですか」

確か初仕事として受けたのが、一昨年《おととし》の十月頭だった気がする。今は春なので、脳内で簡単に計算をしてみる。

「一年と半年ってところですか」

「そんなか。一人でやってるって言ってたけど、食べていけるの、家事代行サービスって」

「……まあ、専業でやれるぐらいには。おかげさまで」

「ふうん」

だからなんだ。七穂は床のゴミ箱をどけて掃除機をかけ続ける。

「それじゃあ、僕と結婚するプランとかはなしか」

七穂は耳を疑い、もう一度掃除機のスイッチを切った。

「はい？」

「聞こえなかった？　だってさ、考えてみればこんだけつきあい長くて、狭い空間に二人でいても違和感なくて、君は僕の好みもワードローブも把握済み。下着の置き場所すら知ってる仲なんだよ」

「食事作りと洗濯を承《うけたまわ》っていますからね」

紛らわしい言い方すんなと思う。

「実際料理もおいしい。結婚する上で知ってなきゃいけないことは、だいたいわかってるんだよもう。あとはつきあいさえすれば、逆説的に完璧な結婚生活が手に入るかもしれないとふと思ったわけ。どう？」

どうと言われても。

（ふと思った、ね）

ワークスペースの回転椅子に足を組んで座ったまま、増田は七穂を見上げている。顔は雰囲気込みでまあまあ。収入もたぶんいい。なんら悪びれもしない態度である。

確かにお得意様として通うようになって、一年半がたった。初期は問題発言も時々あったが、最近はなりをひそめていると思っていたのだ。まさかここまで変な人だとは思わなかった。

「増田様は、結婚に家事を求めていらっしゃるんですね」

「もちろんそれだけじゃないけど。君にとっても悪い話じゃないよう、努力はするよ？　仕事辞めてくれても全然ＯＫ」

「あいにく私、好きでこの仕事をやっているんですよ」

「楽しいんだ」

「ええもうとても」

「強がり入ってないって、断言できる？」

なんでこんなことを、お客に言われないといけないのか。

「ありません」

「かっこいいね」

「私はプライベートじゃ可愛げのかけらもないですから、きっとがっかりされると思いますよ」

「そうそう。そういう話が、もっと聞きたいわけ。今夜食事でも一緒にどうだろう」

「なんのために隣のキッチンでビーフシチューを煮込んでいるんでしょう、私は」

「明日以降に食べるためだよね」

ああ言えばこう言うに、目眩《めまい》がしてきた。

「で、どう？　彼氏がいるなら無理にとは言わないけど」

本当に、余計なお世話だ。

「――シチューは今日食べていただくことをお勧めします、増田様」

けっきょく夕食については、その後もがたがたと食い下がってきたが、先約があるの一言で押し切った。

(あーあ、この仕事も切ることになるのかな)

夜、都心に向かう電車に揺られながら、七穂はやや暗澹《あんたん》たる気分になっている。

一度家に帰って着替えをし、仕事の時は最低限だった化粧もちゃんと塗り直しているが、窓硝子《まどガラス》に映る顔は疲れがひどい。

初期の頃からの定期収入はおいしかったが、増田の気が変わらなければこれ以上は続けられないだろう。場合によっては、こちらからお断りすることも考えなければならない。

純粋にスキルを提供したいだけなのだというのは、あの手の異性には理解してもらえないのだろうか。

——仕事辞めてもいいよ。

嫌だよ。

——彼氏いるの?

いねえよ。

——食べていけるの?

食べるだけならね。

――結婚してよ。僕と一緒になったらそんな苦労なくなるよ。

うるさい黙れお洒落パーマ。

好きでやっている仕事でも、強がりの指摘に心が揺らぐ日はある。文句あるかこんちくしょうだ。

電車を降りてたどりついたのは、新宿駅の新南口だった。メールを貰った通り、バスタ新宿に上がるためのエスカレーター脇に、待ち合わせの人物がいた。

ベージュのトレンチコートに、ストレートのデニムと歩きやすそうなバレエシューズ。キャリーケースこそ持っていないが、いかにも上の階でバスを降りてきた旅行者の服装だ。前に会った時は髪が長かったが、今は耳が見えるほど短く切っているのが印象的だった。華奢な雰囲気の人だったが、首の細さと長さが際立って、かえって女らしさが上がっている。

仕事の問い合わせフォームから、仕事以外の問い合わせが来たのは彼女が初めてだった。

「こんばんは、水島さん」

「すみません、お忙しい中わざわざお呼びたてして」

いえいえ、今日はこの約束がなかったら、すこぶる面倒なことになっていましたよ。

七穂は内心で呟く。

いる。

「盛岡《もりおか》はまだ寒いですか」

「そうですね。やっと桜が見頃になりました」

水島佐緒里。

二年前に亡くなった水島柊一の妹で、彼の労災認定と損害賠償請求で会社や元請けと争っていた人だ。結羽木隆司を証言台に立たせ、満額に近い和解金を得たと聞いている。

百貨店のレストラン街で、洋食屋のハンバーグセットを二つ注文する。

今日は彼女と話をするために、ここにやってきたのだ。

注文の品が来るのを待ちながら、最初に口火を切ったのは佐緒里だった。

「……裁判自体は、終わっているんです。ちゃんと」

「聞いてます。和解したそうで」

「判決が出る前に和解案を受け入れはしましたけど、こちらの要求は謝罪も含めて全て呑んでもらった形です。私としては、これ以上争う必要はないと思いました」

「そうですよね。ご遺族が納得されるのが、何より一番だと思います」

「すみません石狩さん。訴訟が終わってからは、私も引っ越したりして余裕がなくて。逆に石狩さんなら、結羽木さんについて何かご存じかと思ったんですが」

「ないですよ。もともと何も」

皮肉を言うでもなく、事実である。

一昨年の冬、七穂が我楽亭で手紙を受け取った後、隆司について新しく知ったことはあまり多くない。あのあとすぐにアウルテックの法務部だか人事部だかの人が我楽亭にやってきて、隆司が会社を辞めたことを間接的に知ったぐらいだ。

何かやばいことを始めるんだなというのは、その時の社員の反応でうかがえた。

七穂は知らぬ存ぜぬの管理人の顔を貫き通し、逆に向こうの邪魔にならないよう、あえてこちらからコンタクトを取るような真似もしなかった。

そうこうしているうちに、とあるＩＴ企業の若手社員にまつわる訴訟が、小さなネットニュースとなった。ニュース自体は直後に起きた政治家の汚職事件で大した話題にはならなかったが、裁判は遺族に有利な形で、ひっそりと決着したそうだ。

それでも結羽木隆司は、我楽亭に戻ってこない。一緒に訴訟を闘った佐緒里も知らないらしい。今どこにいるのかも、完全に不明のようなのだから笑えてくる。

「大企業の刺客に追われてるってことは、ないですよね。いくらなんでも」

「それはないと思います」

半分冗談で言ったら、佐緒里は慌てたように否定した。逆に怪しいぞと七穂は思った。

「お待たせしました。ハンバーグＡセットです」

熱く音をたてる鉄板が二枚、テーブルに運ばれてくる。

カトラリーに手をつける前に、佐緒里が言った。

「……石狩さん。今回の件で、私たちは多かれ少なかれ犠牲《ぎせい》というか、身を切る部分はありました。その中でも、結羽木さんが負ったリスクが小さいとは言いません。でも、こう言うと傲慢《ごうまん》に聞こえるかもしれませんが、私は彼が後悔しているようには見えなかった」

「救われるために行動していた？」

「私が結羽木さんに最後に会ったのは、兄の墓前に報告しに行った去年の夏です。彼もほっとして肩の荷が降りたように見えました」

そうか。

なら。どうしてあいつは、あの馬鹿は、行方《ゆくえ》をくらましたままなのだ。

七穂は冷めるのが嫌なので、遠慮なくハンバーグをナイフで切って、フォークで口に運んだ。他人が作った料理は、なんにしろ勉強になる。

「……ほんと、どこほっつき歩いてるんだか。みんな心配してるのに」

「なんとなくですけど、帰ってくるなら石狩さんのところだと思うんですよ」

「あなたじゃなく？」

佐緒里はうなずいた。

「私は特に私的な思い入れとか、そういうのではないですから。結羽木さんが見ていたのは、もうずっとずっと石狩さんだったわけじゃないですか」

大願を果たせて満足している人の余裕に、七穂は少し腹がたった。

「私だって別に、いつまでも待つつもりはないですよ」

「そうなんですか？」

「意外ですか？　でも本当に聞いてないんですよ、何も。それで延々と希望を持って待っていられるほど、私だってお人好しの馬鹿じゃありませんから」

佐緒里が表情を曇らせたが、本当なら隆司を目の前にして言ってやりたい台詞だった。思ったところで伝える手段もなく、完全な八つ当たりになっている自分が、情けないし悔しくてならなかった。


『KAJINANA』の仕事を続けつつ、七穂は今も週に三日は我楽亭にいる。

固く絞った雑巾で、板張りの縁側を一直線に拭いていくと、年季の入った広縁は美しい飴色《あめいろ》に輝いた。

「——あ、こら先輩！　掃除したばっか！　ああ！」

とたんに庭を根城にしている猫たちが、堂々と横断し足跡をつけてくれるが、いつものことだ。全体に太く逞《たくま》しい三毛猫『先輩』は、なんら憚ることなくぴかぴかの縁側の上で箱座りをした。

七穂は雑巾を放り出し、猫も放置で縁側に転がった。

「なーにやってるんだか……」

独り言も、この箱庭的空間では非常に捗《はかど》る。

K市で代行サービスの仕事がある時は必ずこちらにも寄り、閉めきった屋敷の換気をしてから建物と庭の掃除をするようにしていた。全ては家主の隆司に、この家を頼むと管理を任されているからだ。

例の手紙を受け取った後、七穂の銀行口座には『KAJINANA』のサイト経由でかなりまとまった金額が振り込まれていた。派遣の仕事を辞めて家事代行サービス一本に絞ることができたのは、ある意味この大金のおかげと言っていい。

母の恵実子などは、表だって文句を言う回数こそ減ってきたが、いまだに『KAJINANA』にいい顔をしない。いっそもう家を出ようかと思っていて、そのたびにここの仕事をどうするのかで頭を悩ませるのだ。

仕事だからと家主が帰ってこない家を掃除し続け、しかし気がつけば一年以上の時間が過ぎようとしていた。

「――あ、おったわ七穂お姉ちゃん」

日向《ひなた》の暖かさにまどろんでいると、少年の声がした。

「そんなとこで寝とったら、ほんま風邪ひくで」

「翔斗君……」

七穂が目を開けるのと、青山翔斗が勢いよく縁側に腰掛けるのが、ほぼ同時だった。

「なあ、七穂お姉ちゃん。隆司お兄ちゃん、まだ帰ってきいへんの？」

「私に聞かれても知らんわ……」

「えー」

翔斗は不満げな声をあげた。

大阪からここK市に越してきた彼も、この春で小学六年生のはずだ。最近は成長期に差しかかったのか、急に声や体つきがしっかりしてきた気がする。

「どんだけ出張長引いとるねん。マジでお姉ちゃん干からびるで。しわしわや」

「しわしわは余計」

小学生が生意気な心配をするなと思ったが、この子にも隆司の行方と安否を心配する権利は充分あった。

縁側に腰掛け、スニーカーの足をぶらつかせながら、翔斗は軒先の空を見るともなく眺めている。

「あんな、七穂お姉ちゃん。オレな、隆司お兄ちゃんに言われてタワシ預かっとるやん」

「うん、それは知ってる」

「せやけど、もうタワシはうちんちの猫やから、返せ言われても無理言いたいんよ。だって見てみ、タワシめっちゃみいちゃんに懐いとるもん」

翔斗は言って、ポケットから買ってもらったばかりとおぼしきスマホを取り出した。見せてくれたのは、すっかり大人の猫に成長したタワシと、彼が目の中に入れても痛くないレベルで溺愛《できあい》している妹さんとのツーショットであった。

「……おっきくなったねえ、美月《みつき》ちゃん」

「せやろ？　こないだ積み木三つも積んだねん。マジ天才」

親バカならぬ兄バカだ。こちらが苦笑すると、翔斗はふと真顔に戻った。

「実際いつまでここで待つつもりなん？　お姉ちゃんは」

「いつまでも何もないよ、お仕事だから」

正確に言うと、少し嘘だ。

隆司から振り込まれた額は大金だったが、厳密に『ＫＡＪＩＮＡＮＡ』のサービス料金を適用し、稼働日数で割ればそろそろその金も尽きようとしていた。

仕事という大義名分がなくなって、それでも隆司が帰ってこなかった場合、自分は何をするのか。どう振る舞うべきなのか。七穂はいまだに答えが出せていない。

休職当番のようにボランティアとして我楽亭の床を磨き続けるべきなのか、それとも佐緒里に啖呵《たんか》を切ってみせたように、待つ気はないと手を引くべきなのか。

（嫌だね。潔くなくて）

きちんと決断できるのが、大人の証だと思っていた。現実はその時々で、常に振り子のように振れ続けている。

「……あのな、ちょっとこれどう思う？」

翔斗がもう一度、七穂にスマホの画面を見せてきた。

今度はローカルの兄バカ写真ではなく、ネットの投稿動画のようだ。

どれどれと、見やすい位置に画面を調整する。

場所は海外の、駅のコンコースか何かに見える。広場にグランドピアノが置いてあり、利用客が好きに演奏できるストリートピアノを撮影した動画らしい。

その日は見るからにアルコールが入った感じの陽気な中年白人男性が、情感たっぷりにミュージカルナンバーの『虹の彼方《かなた》に』を弾いていた。かと思ったらギャラリーにいた旅行者らしき青年を、おまえも弾けとばかりに誘いだす。

（やるなあ）

こういうやりとりがフランクにできるのは、海外のいいところかもしれない。

青年は、薄汚れたバックパッカー風のアジア人だった。誘われても最初は固辞していたが、酔っ払い特有の強引さの方が勝ったようだ。とうとうピアノの前に座らされ、青年は手荷物として左手に抱えていた、真柏の盆栽鉢を譜面台の上に置いた。ギャラリーの温かい声援を浴びながら、演奏が始まる。でもそれは西洋の町並みにまるでそぐわない、超高速の祭り囃子。伊福部昭の『盆踊』だ。

にこにこしながら青年を見守っていた酔っ払いおじさんとギャラリーが、異質なリズムと音色に一瞬で無口になった。青年は傍若無人に五連符を叩き続ける。

水を打った静寂の後、次に起きたのは爆発的な喝采《かっさい》の波だ。おじさんも両手をあげて大喜び。コンコースを通り過ぎるだけだった人も、その異様な音と熱気に惹かれて足を止める。

動画のタイトルは奇跡の盆栽男こと、『Miracle bonsai man』と来たもんだ。恐ろしいことに、この時点で視聴回数が百万を超えていた。

「……お薦めで出てきた時、めちゃくちゃびっくりしてさ。これ隆司お兄ちゃんで合うてるよね？」

恐る恐る確認を入れてくる翔斗に、七穂はうなずくだけで精一杯だった。

「ぷはっ。あはははは！」

もうだめだ。我慢できない。七穂は縁側に転がったまま、腹を抱えて笑いに笑った。

あのバカ。めちゃくちゃ元気そうじゃないか。

（そういうことかよ）

それならいいよ。別にいいよ。私は私で、好きにやるよ。

その日の掃除を終えて家に帰ってから、七穂は両親がそろっているところで言った。

「私、この家出るわ。我楽亭に住む」

もちろん父も母も唖然として、目を丸くしていた。

「我楽亭って……千登世ちゃんのところの？」

「隆司君は、難しいことになってるんじゃなかったか」

義之が言う通りで、アウルテックを辞めた後の奴の扱いがどうなっているかは、親戚内でタブーに近いものがあった。しかし七穂が出した結論は簡潔である。

「全然関係ないよ。好きだから」

＊＊＊

かくして今日も鍋の中で、芋と肉と野菜が、ことことと煮込まれていく。

七穂にとって、一番正しく幸せな光景だ。

（おかずが肉じゃがで、味噌汁は昨日の茄子《なす》と油揚げ。白ご飯に菜の花のおひたし。

うーん彩りいいね）

本日の肉じゃがは、オーソドックスな基本の牛肉じゃがにトマトを足して煮込んだだけの、トマト肉じゃがだ。簡単だがトマト由来の酸味も旨みも加わり、カレー粉投入なみの味変アイテムとしてお薦めであった。

ご飯の支度ができたら、隣のちゃぶ台がある部屋に運んでいき、食べる前に写真を撮ってSNSにアップする。七穂のアカウントに、食卓の写真が一枚増える。それが終われば、冷める前に一人黙々と食べる。週末はこれに発泡酒か酎《ちゅう》ハイがつく。

SNSへの投稿は、我楽亭に移り住んでから始めたことだ。ニックネームは『猫と肉じゃが』という。自分用に作った料理や、庭の猫や植物の写真、たまにバケツドラムの動画を少々と、とりとめもなく適当にアップしていた。

正直フォロワーは多くないし、隆司の時のような拡散は期待できないだろうと思っている。しかしそれがどうしたというのだ。

向こうが好きに生きているなら、七穂もまた自分の意志でここにいるだけだ。

もし万が一、広いネットの世界でこの写真を目にする機会があったなら、それはとても幸運なことだろう。おいしそうな料理に里心がついて、奴がおびき出されてくればラッキー。しめたものだ。

一枚一枚、祈るように日常を切り取って、ネットの虚空に放流して、仕事に行って帰ってきて、毎日を暮らした。

『雨の日の紫陽花《あじさい》が綺麗です』

『猫たちがひなたぼっこをしています』

『出勤前の朝ご飯。お豆腐屋さんのお豆腐はおいしい』

『縁側で夕涼み。一番好きな時間』


そして今は、梅雨が明けての七月。

我楽亭の池では、例のヘイケボタルが大量発生していた。

「……うーん。これはどうしたもんかな」

七穂はスマホを持って庭に出てきたものの、やや途方にくれていた。

あまりにホタルの数が多すぎて、正直自分の腕では綺麗に撮れる気がしない。

ただでさえヘイケボタルの光り方は細かくて、点滅の間隔も短いのだ。試行錯誤を続けた末、七穂はついにホタルとして魅せる道を諦めた。

(もういいわ。今日はなしで)

どうやっても怪奇現象や心霊写真にしかならないのなら、無理してアップする必要もないだろう。縁側に腰をおろし、酎ハイを開けつつ一人ホタル見物と決め込むことにした。

ちなみに石狩七穂、先日めでたく誕生日を迎えた。ついに二十七歳になってしまった。

「いいのかー、おい。こんなの私一人に独占させちゃって」

恋し恋しと鳴く蟬よりも、鳴かぬ蛍が身を焦がすと唄ったのは、大昔の都々逸《どどいつ》だったか。前後の流れはまったく知らないが、こうなると妙に昔の人に共感してしまう。

今の自分は、鳴いて想いを伝えられる蟬が羨ましい。

「うわ……すごいな。これ全部本物？」

七穂はとっさに「誰!?」と、声がした方向に懐中電灯を向けた。

狭い範囲の明かりに浮かびあがったのは、なにやら小汚い風体の男である。

髪型というよりはただ伸びてしまった感がある髪を後ろでくくり、服はよれた無地のTシャツと化繊のパンツ。まるでアルプスから下山でもしてきたような、巨大なバックパックを背負っている。

顔に直撃する光がまぶしいのか、右手で必死に光を遮っていた。

「ごめん、ほんとごめん。俺だから」

懐中電灯を少し下にずらしてやると、向こうはほっとしたように持っていた盆栽鉢を抱え直した。

「隆司……君」

「や、やあ。ただいま七穂ちゃん」

　本当になんの前触れもなく、唐突に、この屋敷の家主が戻ってきたのだった。

　酎ハイの飲み過ぎか？　いいやまだ半分しか空けていない。スイッチが入ったままの懐中電灯が、七穂の手から滑り落ちていく。どうしよう、泣きそうだ。

「元気だった？　お土産《みやげ》とか色々あるんだけどさ」

「隆司……っ」

　七穂は脇目も振らず、彼のもとに駆け寄った。向こうが何か嬉しそうに受け止める体勢に入ったので、そのまま助走をつけて拳《こぶし》でぶん殴った。

　非力な自分が憎い。相手は変な声で鳴いてよろめいただけだった。

「な、七穂ちゃ」

「ふざけんなおい、どんだけ、どんだけ人を待たせたと思ってんの、ええ？　あんたは糸が切れた風船か？　それとも凧《たこ》？　いつ戻るかぐらい一言報告せんかい連絡せんかい相談せんかい――!!」

「ごめん、でも時間ぶんの入金はしたつもりで」

「そんなもんとっくに使い切ってマイナスじゃクソタワケ！」

そこまで一息に言い切ると、隆司はきょとんと目を見開いた。その場で自分の指を折り始める。

「……あれ？　もしかして計算ミスった？」

踏んでやりたいと思った。

隆司が怯えた顔でこちらを見返す。本当にどうしようもない奴だった。

「……も、いい。とにかく上がって。話はそこで聞く」

縁側から母屋に上がらせ、ちゃぶ台がある部屋の電気をつけた。

隆司は最初に盆栽をちゃぶ台に置くと、重そうなバックパックも畳に下ろし、その場にあぐらをかいた。外見にまったく頓着しないという意味では昔に戻っていたが、肌は全体に焼け、あの頃にはない筋肉もそれなりについているようだった。

七穂もまた、向かいに腰を下ろす。

「それで？　今までどこで何してたの？」

二人の間を隔てるのは、九十センチのちゃぶ台と真柏の盆栽だけだ。

隆司は最初の剣幕ですっかり気圧されてしまったのか、ぼそぼそと伏し目がちに語り始めた。

いわく去年の夏に、水島柊一の訴訟関係が終了したこと。遺族と一緒に、墓前に報告もしたこと。以前に水島佐緒里から聞いたものとほぼ一緒だ。

「本当は水島が生きているのが一番なんだから、最高の結果ではないのはもちろんだけど。国内で俺にできることは、全部したと思う」

「よくわかった。お疲れ様」

ねぎらうのも変かもしれないが、他にいい言い回しが思いつかなかった。

隆司は「ありがとう」と小声で返した。

「それで俺は古巣に砂かけてケンカを売った形だから、日本の近い業種じゃしばらく働けないって思って、色々考えた後は一人で中国に行った」

「は、中国？」

「その盆栽さ、水島が育ててた鉢なんだよ。部屋から一切持ち出せなかったけど、鉢を見ながらいつも違う見立てで話すのが好きな奴でさ。どうせなら俺が聞いてた設定を本物にしてやろうかと思って」

「海も渡ったと」

「そう。日本国内はともかく、あっち側に見立てる話が出たのは、半分俺のせいでもあったから」

ちゃぶ台に置かれた真柏を見ながら、大真面目に彼は言った。

しかし一口に中国と言っても広く、けっこうな大変な旅だったらしい。

まずは山東省《さんとうしょう》の孔廟《こうびょう》へ。

由緒正しい霊廟に植えられた松柏という設定から、選んだのは紫禁城《しきんじょう》に次ぐ巨大木造建築で、四大聖人の一人孔子《こうし》が祀《まつ》られている場所にしたそうな。

現地では、樹齢数百年を越える常緑樹のイブキが沢山生えていた。隆司はそのイブキに交じって持ってきた盆栽の写真を撮り、今度はより奥地の絶景を撮るべく長江沿《ちょうこう》いの自然保護区へと向かった。

「ちょっと待って、マジで本物連れてったの？」

「そうしなきゃ意味ないだろ」

ないのか。

「植物だから検疫とか、正直かなり面倒だったけどね。土は捨ててハイドロボール詰めたり」

「大丈夫、私はつっこまない。私はつっこまない」

「ほんと道中腹は壊すし食堂で荷物はすられるし、さんざんだったよ。スマホも財布もあげるから鉢だけは返してくれって頼んで、ようやく返してもらってさ」

「ねえそれ逆じゃない？」

耐えていたのにつっこんでしまった。

そういうわけで、面倒な上に大変な旅程だった割には、証拠の写真が一枚もないらしい。色々な意味で残念だった。

「それから？」

「うん。目的は果たしたけど、また海側の都会に出るのも、かったるいし面倒になって、そのまま川と陸伝いに西へどんどん行ってみた」

このあたりになると、もはや移動の目的はあってないようなものになる。

盆栽を抱えた青年の旅はシルクロードを通じてユーラシア大陸を横断し、欧州に到達してからは海も渡った。

「ストリートピアノ弾いてたのは、イギリス？」

「——あれは」

隆司が顔を赤らめた。どうやらネットで反響があったのは、本人もわかっているらしい。

「ノリノリで弾いてたわよね、ミラクル盆栽マン」

「……なんで七穂ちゃんまで知ってるんだ」

「翔斗君から教えてもらったの」

彼は黙って頭を抱えた。せいぜい悶《もだ》え苦しめと思った。

「ちなみに私のアカウントは見た？」

「何それ」

まあそんなもんだ。わかってはいたが。

しかしそこで大ウケしたおかげで、盆栽マンは現地の社長さんに気に入られたそうなので、世の中本当にわからない。

「――えっ、社長ってあの『虹の彼方に』弾いてたおじさん!?」

「そう。向こうでITベンチャーの会社やってて、人が足りないっていうからそのままバイトさせてもらったりしてた」

隆司は今もその会社に籍を置いており、リモートで仕事をする許可を貰って日本に帰ってきたらしい。

「いい加減、七穂ちゃんに頼んでた家の管理も期限が切れるしと思って、帰国したんだけど……」

喋りながら語尾が尻つぼみに小さくなるのが、聞いていてもよくわかった。

それなりにいい大学を出て、いい会社に就職し、算数とカレンダーの見方を間違えた男の末路がこれだ。

地球を半周する大冒険をしているうちに時間の感覚が狂い、極東の島国に残してきた家の経費計算が多少おろそかになったり雑になったりするのは、理解できないこともないが――。

「切れるしじゃなくて、とっくに切れてたの。都合三ヶ月はただ働き状態でした」

「ごめんなさいお支払いします」

「そういうね、あとはよろしく、払うもん払えばいいだろって姿勢からしてむかつくのよ。いい、契約には双方の同意が必要なの！」

七穂はちゃぶ台を叩いた。隆司がびくりと震えた。

「私は今回の件に関して、何一つ同意してない！　全部言われっぱなし！　なんなら私が全部シカトしても、文句言えない立場だったのわかってる⁉」

「それはもちろん、わかってるというか、流されても仕方ないと思ってたよ。ただ七穂ちゃんの仕事の後押しにもなるかと思って」

「そうなの？　聞きたくなかった？　私だって君が好き」

仕事がどうとか、責任がどうとか、そういう話よりも前に。

史上最悪の鈍感に対して身を乗り出して喋っていたら、感情が閾値《いきち》を超えて涙が出てきた。七穂は浮いた腰を戻して、乱暴に顔をぬぐった。

仕方ないだろう。面と向かってこれが言いたくて言いたくて、ずっと待ち続けていたのだから。

「好きなの。大好き。愛してる……」

こんちくしょう。やっと言えたよ。

みっともなく繰り返す七穂の前で、隆司が深くため息をついた。

「ごめん」

「――何、迷惑だって？」

「そうじゃなくて、俺はほんと、人の心がわからない奴だなと……」

一瞬また、積年の恨みが顔を覗かせようとしたけれど、隆司の反省の方が大事なのでいいかと思った。

やっとためこんでいた気持ちに行き先ができた。言いたかったことを届けられた。今はその事実の方が大きいのだ。

「自覚したんなら、もう離さないで。勝手にどっか行かないで」

「わかった。誓います」

泣いて命令する七穂にうなずき、鈍感馬鹿がにじりよって距離を詰めてきた。

「俺だってずっと好きだったんだ。夢見てるみたいだよ」

囁きの後、ぎこちない手が肩に触れ、七穂は上体を預ける。そこから両手で抱きしめられたら、何かもう全部どうでもよくなってしまったのだ。


とろ火のように眠っていたところを起こされたのは、隆司がこちらの髪の毛先をいじっている感触がしたからだ。

「……どうかした？」

「ごめん、起こすつもりはなかったんだけど」

同じ布団のすぐ近くにいて、一応謝りはするけれど、喋る声は笑いを含んでいてひどく甘い。

「いつもくるくるしてて可愛いなと思って。これずっと天然？　パーマかけてたりするの」

「なんか腹立つな。けっきょく私、君を喜ばしただけ？」

「七穂ちゃんは嬉しくないってこと？」

そうとは言わないが。

肉体言語も含めて気持ちを確かめ合ってしまえば、関係の優位性などなくなるのかもしれない。

確かに愛はあった。深いところで愛されたかったし、彼はそれに応えてくれた。

「ただ働きに決定になった時にさー……」

「うん、何？」

「色々勢いでこっちに住み込むことにしちゃったんだけど、どうする？　出ていった方がいい？」

隆司が出ろというなら、一からアパートでも探そうと思う。今のところクライアントがK市とS市、二つに分かれているので、中間地点にするか、もしくは交通の便がいい場所になるだろう。

週三で通っていた時より、光熱費などの数字が急に上がれば、さすがに変だと気づいてくれるだろうという、姑息《こそく》で涙ぐましい期待は、ものの見事に失敗に終わったことでもあるし。

「離すなって言ったのは君だろ？」

「わかった。じゃあここにいるよ」

「それでお願いします」

一緒にいよう。

あらためて布団の上で寝返りを打ち、うつぶせの姿勢で頭を持ち上げた。

開け放した障子の先に、我楽亭の庭が見える。何度目かの蛍の飛翔が始まっていた。となると、今は午前二時ぐらいだろうか。

「ねえ見て。また踊ってるよ」

「どれ」

七穂は隆司と一緒に笑いあった。

――これは夏の特別、あるいは夢か幻か。我楽亭の庭では、今宵《こよい》も猫たちが不思議な舞を踊っている。

エピローグ

　隆司がイギリスから帰国し、まず初めにしたのは我楽亭にインターネット環境を整えることだった。

　古い家なので導入工事も面倒だったが、人を入れてでもやらねばと思った案件であった。それより母屋の壁の穴を塞ぐのが先だろうという、もっともな進言を振り切り、離れの洋館を中心に光回線と冷房を入れた。祖父が使っていた書斎は、そのまま隆司の仕事部屋となった。かくして東西の古書や雑誌で埋まっていた空間に、初めて二面ディスプレイのワークステーションが起動したわけである。

『……なるほど？　おかげで私は、海を隔てていてもタカシと仕事が続けられるってわけだ。ありがたい話だね』

「こちらこそ。リモートを認めてくださって、感謝します」

　ただいまメインディスプレイはリモート会議の画面になっており、参加しているのは隆司のボスである。ロンドンにある新興ソフトウェア会社の社長をしており、隆司は日本にいながら彼の下で働くことを許されていた。

『日本じゃ誰もあんたを使わないって、理解できないね。私はあれだ、日本で言う拾うゴッドになったんだな』

「〝捨てる神あれば拾う神あり〟ですね」

『そうそれ。オカイドク。モッタイナイ』

それまで大して日本に興味があったわけでもないのに、こちらに合わせて日に日に日本語の語彙《ごい》を増やしてくれるバイタリティは尊敬するし、素直にありがたかった。

少しでも恩を返したいし、つくづく自分は幸運だったと思う。

『タカシ。そっちは今何時だ？　ずいぶん窓の外が暗いが』

「ああ、日本は今、夜の七時になるところですね」

『どうりで。うちはこれから仕事始めで、コーヒーを淹れたところだよ』

外に働きに出ている彼女も、早ければそろそろ帰宅してくるだろう。

そうやってまさに脳内で噂をすれば、だった。書斎のドアが無造作に開き、同居人の石狩七穂が顔を出した。

日本人女性にしては背が高く、スタイルも外国準拠ゆえ、国内ブランドの可愛い服が入らないのよとこぼしていたことがある。今着ているポロシャツとチノパンは、彼女の仕事である家事代行業として各家庭を訪問する時の格好だ。

　機械の冷却用に入れた冷房に触れ、最高に緩んだ顔になっていたが、パソコンのモニターがリモート会議画面だと気づいて顔色を変えた。

「ごめ、仕事中!?　失礼しました！」

『ああ、いいよいいよお綺麗なお嬢さん、そのままで。私の方が退出する。彼女がタカシの恋人か？』

「そんな感じです」

『その家、ピアノがあるんだろう。今度リモートでセッションなりなんなりしような』

「いいですね。彼女も音楽が好きで、ドラムが上手なんですよ」

『そりゃあいい。楽しみにしているよ』

　対話を終えて振り返ると、七穂がけげんな顔をしていた。

「……英語過ぎて、何言ってんだか全然わかんなかったわ。何話してたの」

「何って……」

　隆司はあらためて、七穂に説明した。

「今画面にいた人が、ロンドンにいる俺の会社のボス。彼が七穂ちゃんのことを恋人かって聞いたから、そうだって答えた。あと今度演奏会でもしようって……七穂ちゃん？」

　なぜ途中で走り出すのだ、説明しろと言ったのに。

　彼女はパソコンの前にいる隆司を置いて部屋を一周し、さらに続きのサンルームまで行ってまた戻ってきた。

「ごめん、ちょっと素面《しらふ》じゃ聞いてられなくて！」

「照れてる？」

「冷静に指摘するの禁止！」

　肩で息をしながら耳まで赤くなっている姿が、言葉は悪いが可愛くてならなかった。

　こんな子に想ってもらえるなんて、幼い頃の自分が聞いたらまず信じないだろう。

願いはしていたが、まずありえないと思っていたのだから。

「外国の会社だから良かったのかもしれないね」

「羨ましいわー、強心臓。私なんて、実家に電話するだけで毎回説明が大変なんだけど」

「それは俺も似たようなもんだね」

「君の場合は、そもそも放置しすぎで自業自得でしょうが。一回ちゃんと話し合ってきなよ」

　始まりは親戚づきあいで、お互い実家には解消しきれていない事案を抱えていたりもする。

　しかしだからと言って、今さらこの関係をやめる気もないのだ。

「ともかくお疲れ様。ご飯できてるよ」

「嘘、偉い」

「七穂ちゃんが作り置きしてたおかずを、温め直しただけなんだけど」

「米炊けるようになっただけ進歩だよー」

　七穂に続いて書斎を出て、ドアを閉めようと振り返ったら、奥のサンルームに置いてあるグランドピアノが目に入った。さきほど七穂が走り回ったせいだろう。

　あのピアノの周りに、人が集まっていた時期がある。椅子に座って演奏に聞き入る祖父。同じく母親に伯母。今傍《かたわ》らにいる、いとこの少女。彼女の視線を意識しすぎて、ひたすら前だけ向いていた幼い自分。

　張り詰めた綱の上を渡る日常の、綱から落ちた世界はすでに見たのだ。淀んだモノクロの光景から引き上げてくれた優しい人とともに、今度は手を取り合って渡っていきたい。そう思うことを、どうか許してほしい。

（水島）

　瞬きを一つすれば幻はかき消え、かわりにピアノの上には旅を続けた盆栽鉢と、明日翔斗と対戦するためのトレーディングカードの束が現れる。

生きていくのだ。不完全でも、この先も。

自分だけの宇宙を閉じ込めるように、隆司はそっと書斎のドアを閉めた。

一度に3品!
KAJINANA
つくりおきレシピ

牛すじ煮の炊き込みご飯

材料・3〜4人分

米	2合
基本の牛すじ煮込み	100g
ゴボウ	50g
人参	30g

A

醤油	大さじ1/2
酒	大さじ1

作り方

① 米は洗ってザルに上げておく。
② 牛すじ煮込みは細かく刻み、ゴボウは細めのささがき、人参は千切りにする。
③ 炊飯器に①とAを入れ、規定の目盛りまで水(分量外)を入れる。
④ 上から②を入れて普通に炊く。炊き上がったらよく混ぜてできあがり。

七穂の一言メモ　牛すじの味つけによっては薄味に仕上がるので、混ぜる時にお塩を足してね

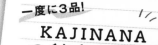

基本の牛すじ煮込み

材料・作りやすい分量

牛すじ……500g　こんにゃく……1枚

A
だし汁……1カップ　砂糖……大さじ1　みりん……大さじ1
醤油……大さじ2　生姜（すりおろし）……小さじ2

作り方

① 牛すじはひたひたの水（分量外）と一緒に圧力鍋に入れて沸騰させ、1〜2分煮てからザルにあけてよく洗う。

② こんにゃくはスプーンで食べやすい大きさに千切り、牛すじも包丁で一口大に切る。

③ 洗った圧力鍋に②とAの材料を全て入れ、蓋をして強火にかける。圧力が上がったら、弱火にして加圧20分。

④ 冷まして蓋を開け、好みで煮詰めたらできあがり。

七穂の一言メモ　お好みで七味、白髪ネギや刻みネギをたっぷりかけてね！

牛すじのお好み焼き

材料・1人分

薄力粉……50g	万能ネギ（刻む）……25g
だし汁……1/4カップ	天かす……適量
基本の牛すじ煮込み……お好みの量	青のり……適量
卵……1個	お好み焼きソース……適量
キャベツ……100g	トッピング（鰹節・マヨネーズ）

作り方

① 牛すじ煮込みは細かく刻み、キャベツは千切りにする。

② ボウルにソースとトッピング以外の材料を全て入れ、かき混ぜる。

③ フライパンにサラダ油（分量外）を熱し、②の生地を流し入れ、両面をこんがりと焼く。

④ 表面にソースを塗ってできあがり。食べる直前にトッピングをかけていただく。

七穂の一言メモ　紅ショウガを刻んで入れてもおいしいよ！

本書は書き下ろしです。

石狩七穂《いしかりななほ》のつくりおき
猫《ねこ》と肉《にく》じゃが、はじめました
竹岡葉月《たけおかはづき》

2023年8月5日初版発行
2023年8月26日第2刷

発行者……………千葉 均
発行所……………株式会社ポプラ社
〒102-8519 東京都千代田区麹町4-2-6

フォーマットデザイン 荻窪裕司(design clopper)
組版・校閲 株式会社鷗来堂
印刷・製本 中央精版印刷株式会社

落丁・乱丁本はお取り替えいたします。

電話(0120-666-553)または、ホームページ(www.poplar.co.jp)のお問い合わせ一覧よりご連絡ください。
※電話の受付時間は、月〜金曜日、10時〜17時です(祝日・休日は除く)。

ポプラ文庫ピュアフル

ホームページ www.poplar.co.jp

N.D.C.913/268p/15cm
ISBN978-4-591-17870-6
P8111360

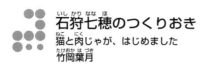

あなたに寄りそう「こつまみ」をどうぞ。
福岡が舞台のほっこり美味しい物語！

標野凪
『終電前のちょいごはん
薬院文月のみかづきレシピ』

装画：ゆうこ

福岡薬院の裏通り、古いビルの2階にある小さなお店「文月」は《本が読めて手紙が書ける店》。開いているのは三日月から満月の夜の間だけ。仕事でうまくいかなかったり、恋愛が不安だったり、誰かと話したかったり、家に帰る前にちょっとどこか寄りたいとき、店主の文がつくる気の利いた季節のちょいごはんが、誰の心もやさしく癒してくれます。ほっこりあたたかくなる美味しい物語。

巻末にレシピ付き。

うれしい日もかなしい日も「こつまみ」でほっこり。
福岡が舞台の好評シリーズ第2弾!

標野凪
『終電前のちょいごはん
薬院文月のみちくさレシピ』

装画：ゆうこ

福岡薬院の裏通り、古いビルの2階にある「文月」は、《本が読めて手紙が書ける店》。三日月から満月の夜の間だけ営業している、いっぷう変わったお店だ。今日も、仕事に、恋愛に、人間関係にちょっと疲れたり悩んだりするお客さんが、看板の文字——終電前のちょいごはん　どうぞ——に導かれてやってくる。店主の文がつくる季節折々のこつまみに心癒される、美味しい物語。巻末にレシピ付き。